作人的藝術與生活

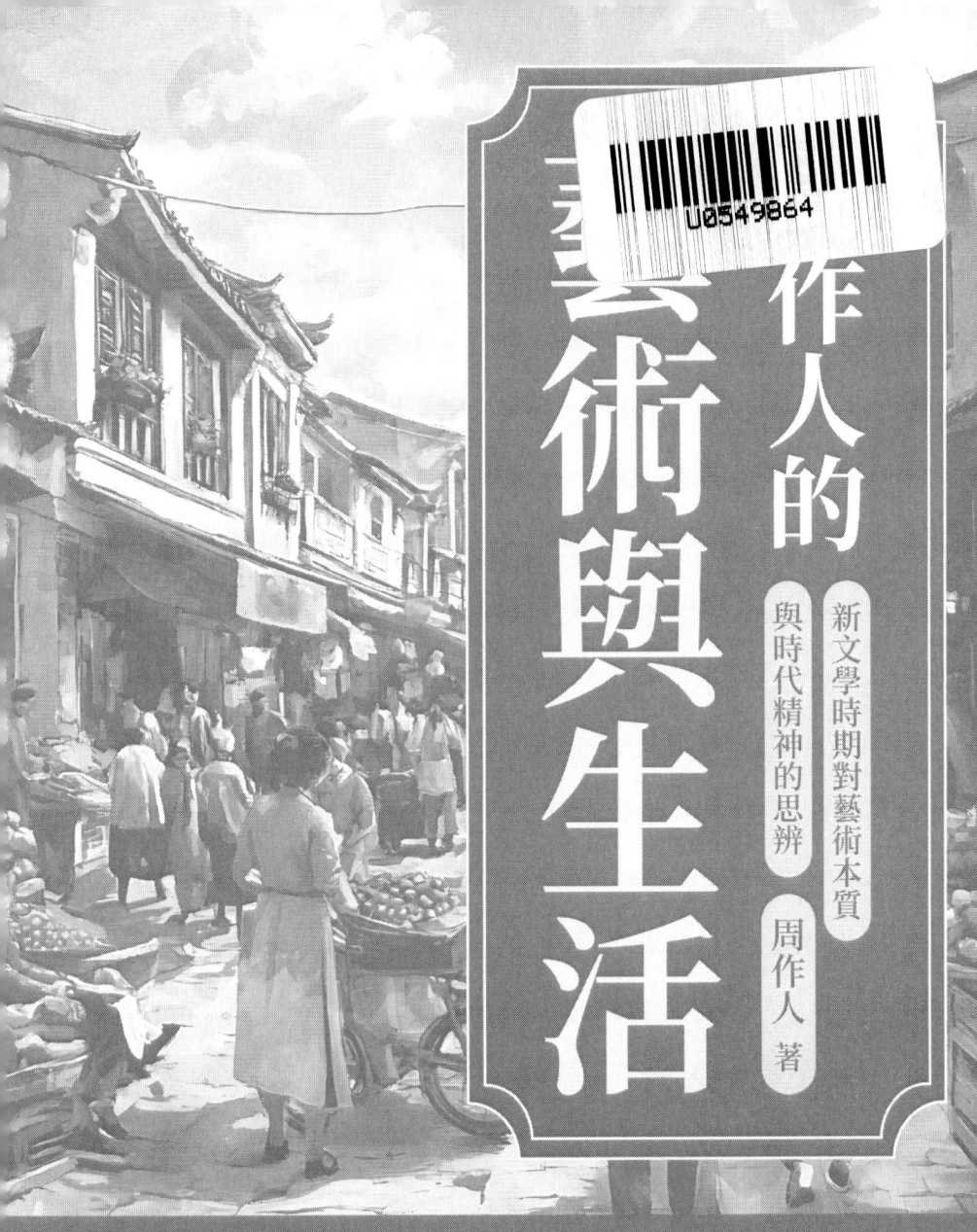

新文學時期對藝術本質
與時代精神的思辨

周作人 著

———【藝術、文學、生活本質】———

彙集周作人在文學評論與人生哲思方面的重要文章
既有對新文學運動的熱情參與，也有對個人生命的沉靜反思

堪稱新文學時期的代表作──

目錄

自序 …………………………………005

平民的文學 …………………………007

人的文學 ……………………………013

新文學的要求 ………………………025

兒童的文學 …………………………031

聖書與中國文學 ……………………041

中國戲劇的三條路 …………………053

國語改造的意見 ……………………061

國語文學談 …………………………073

文學上的俄國與中國 ………………079

歐洲古代文學上的婦女觀 …………089

布萊克的詩 …………………………115

日本的詩歌 …………………………123

目錄

日本的小詩 …………………………………139

日本近三十年小說之發達 …………………149

論左拉 ………………………………………167

陀思妥耶夫斯基之小說 ……………………187

俄國革命之哲學的基礎 ……………………199

日本的新村 …………………………………223

新村的理想與實際 …………………………237

訪日本新村記 ………………………………247

遊日本雜感 …………………………………263

自序

　　這一本書是我近十年來的論文集，自一九一七至一九二六年間所作，共二十篇，文章比較地長，態度也比較地正經，我對於文藝與人生的意見大抵在這裡邊了，所以就題名曰「藝術與生活」。

　　這裡邊的文章與思想都是沒有成熟的，似乎沒有重印出來給人家看的價值，但是我看這也不妨。因為我們印書的目的並不在宣傳，去教訓說服人，只是想把自己的意思說給人聽，無論偏激也好淺薄也好，人家看了知道這大略是怎麼一個人，那就夠了。至於成熟那自然是好事，不過不可強求，也似乎不是很可羨慕的東西，──成熟就是止境，至少也離止境不遠。我如有一點對於人生之愛好，那即是她的永遠的流轉；到得一個人官能遲鈍，希望「打住」的時候，大悲的「死」就來救他脫離此苦，這又是我所有對於死的一點好感。

　　這集裡所表示的，可以說是我今日之前的對於藝術與生活的意見之一部分，至於後來怎樣，我可不能知道。但是，總該有點不同罷。其實這在過去也已經可以看出一點來了，如集中一九二四年以後所寫的三篇，與以前的論文便略有不同，照我自己想起來，即夢想家與傳道者的氣味漸漸地有點淡薄下去了。

自序

　　一個人在某一時期大抵要成為理想派，對於文藝與人生抱著一種什麼主義。我以前是夢想過烏託邦的，對於新村有極大的憧憬，在文學上也就有些相當的主張。我至今還是尊敬日本新村的朋友，但覺得這種生活在滿足自己的趣味之外恐怕沒有多大的覺世的效力，人道主義的文學也正是如此，雖然滿足自己的趣味，這便已盡有意思，足為經營這些生活或藝術的理由。以前我所愛好的藝術與生活之某種相，現在我大抵仍是愛好，不過目的稍有轉移，以前我似乎多喜歡那邊所隱現的主義，現在所愛的乃是在那藝術與生活自身罷了。

　　此外我也還寫些小文章，內容也多是關係這些事情的，只是都是小篇，可以算是別一部類，——在現今這種心情之下，長篇大約是不想寫了，所以說這本書是我唯一的長篇的論文集亦未始不可。我以後想只作隨筆了。集中有三篇是翻譯，但我相信翻譯是半創作，也能表示譯者的個性，因為真的翻譯之製作動機應當完全由於譯者與作者之共鳴，所以我就把譯文也收入集中，不別列為附錄了。

一九二六年八月十日，
於北京城西北隅，聽著城外的炮聲記

平民的文學

　　平民文學這四個字，字面上極易誤會，所以我們先得解說一回，然後再行介紹。

　　平民的文學正與貴族的文學相反。但這兩樣名詞，也不可十分拘泥。我們說貴族的平民的，並非說這種文學是專做給貴族或平民看，專講貴族或平民的生活，或是貴族或平民自己做的，不過說文學的精神的區別，指他普遍與否，真摯與否的區別。

　　中國現在成了民國，大家都是公民。從前頭上頂了一個皇帝，那時「率土之濱，莫非王臣」，大家便都是奴隸，向來沒有貴族平民這名稱階級。雖然大奴隸對於小奴隸，上等社會對於下等社會，大有高下，但根本上原是一樣的東西。除卻當時的境遇不同以外，思想趣味，毫無不同，所以在人物一方面上，分不出什麼區別。

　　就形式上說，古文多是貴族的文學，白話多是平民的文學。但這也不盡如此。古文的著作，大抵偏於部分的，修飾的，享樂的，或遊戲的，所以確有貴族文學的性質。至於白話，這幾種現象，似乎可以沒有了。但文學上原有兩種分類，白話固然適宜於「人生藝術派」的文學，也未嘗不可做「純藝術派」的文

平民的文學

學。純藝術派以造成純粹藝術品為藝術唯一之目的,古文的雕章琢句,自然是最相近;但白話也未嘗不可雕琢,造成一種部分的修飾的享樂的遊戲的文學,那便是雖用白話,也仍然是貴族的文學。譬如古銅鑄的鐘鼎,現在久已不適實用,只能尊重他是古物,收藏起來;我們日用的器具,要用磁的盤碗了。但銅器現在固不適用,磁的也只是作成盤碗的適用。倘如將可以做碗的磁,燒成了二三尺高的五彩花瓶,或做了一座純白的觀世音,那時我們也只能將他同鐘鼎一樣珍重收藏,卻不能同盤碗一樣適用。因為他雖然是一個藝術品,但是一個純藝術品,不是我們所要求的人生的藝術品。

照此看來,文字的形式上,是不能定出區別,現在再從內容上說。內容的區別,又是如何?上文說過貴族文學形式上的缺點,是偏於部分的,修飾的,享樂的,或遊戲的;這內容上的缺點,也正如此。所以平民文學應該著重,與貴族文學相反的地方,是內容充實,就是普遍與真摯兩件事。

第一,平民文學應以普通的文體,寫普遍的思想與事實。我們不必記英雄豪傑的事業,才子佳人的幸福,只應記載世間普通男女的悲歡成敗。因為英雄豪傑才子佳人,是世上不常見的人;普通的男女是大多數,我們也便是其中的一人,所以其事更為普遍,也更為切己。我們不必講偏重一面的畸形道德,只應講說人間互動的實行道德。因為真的道德,一定普遍,絕不偏枯。天下決無只有在甲應守,在於不必守的奇怪道德。所以愚忠愚

孝,自不消說,即使世間男人多數最喜說的殉節守貞,也不合理,不應提倡。世上既然只有一律平等的人類,自然也有一種一律平等的人的道德。

第二,平民文學應以真摯的文體,記真摯的思想與事實。既不高高在上,自命為才子佳人,又不立於下風,頌揚英雄豪傑,只自認是人類中的一個單體,混在人類中間,人類的事,便也是我的事。我們說及切己的事,那時心急口忙,只想表出我的真意實感,自然不暇顧及那些離章琢句了。譬如對眾表白意見,雖可略加努力,說得美妙動人,卻總不至於譌成一支小曲,唱的十分好聽,或編成一個笑話,說得闔堂大笑,卻把演說的本意沒卻了。但既是文學作品,自然應有藝術的美。只須以真為主,美即在其中,這便是人生的藝術派的主張,與以美為主的純藝術派,所以有別。

平民文學的意義,照上文所說,大略已可明白。還有我所最怕被人誤會的兩件事,非加說明不可,——

第一,平民文學絕不單是通俗文學。白話的平民文學比古文原是更為通俗,但並非單以通俗為唯一之目的。因為平民文學,不是專做給平民看的,乃是研究平民生活 —— 人的生活 —— 的文學。他的目的,並非想將人類的思想趣味,竭力按下,同平民一樣,乃是想將平民的生活提高,得到適當的一個地位。凡是先知或引路的人的話,本非全數的人盡能懂得,所以平民的文學,現在也不必個個「田夫野老」都可領會。近來有許多人

平民的文學

反對白話,說這總非田夫野老所能了解,不如仍用古文。現在請問,田夫野老大半不懂植物學的,倘說因為他們不能懂,便不如拋了高賓球三氏的植物學,去看《本草綱目》,能說是正當辦法嗎?正因為他們不懂,所以要費心力,去啟發他。正同植物學應用在農業藥物上一樣,文學也須應用在人生上。倘若怕與他們現狀不合,一味想遷就,那時植物學者只好照《本草綱目》講點玉蜀黍性寒,何首烏性溫,給他們聽,文人也只好編幾部「封鬼傳」「八俠十義」給他們看,還講什麼「我的」科學觀文學觀呢?

　　第二,平民文學絕不是慈善主義的文學。在現在平民時代,所有的人都只應守著自立與互助兩種道德,沒有什麼叫慈善。慈善這句話,乃是富貴人對貧賤人所說,正同皇帝的行仁政一樣,是一種極侮辱人類的話。平民文學所說,是在研究全體的人的生活,如何能夠改進,到正當的方向,絕不是說施粥施棉衣的事。平民的文學者,見了一個乞丐,絕不是單給他一個銅子,便安心走過;捉住了一個賊,也絕不是單給他一元鈔票放了,便安心睡下。他照常未必給一個銅子或一元鈔票,但他有他心裡的苦悶,來酬付他受苦或為非的同類的人。他所注意的,不單是這一人缺一個銅子或一元鈔票的事,乃是對於他自己的,與共同的人類的運命。他們用一個銅子或用一元鈔票,贖得心的苦悶的人,已經錯了。他們用一個銅子或一元鈔票,買得心的快樂的人,更是不足道了。偽善的慈善主義,根本裡

全藏著傲慢與私利，與平民文學的精神，絕對不能相容，所以也非排除不可。

在中國文學中，想得上文所說理想的平民文學，原極為難。因為中國所謂文學的東西，無一不是古文。被擠在文學外的章回小說幾十種，雖是白話，卻都含著遊戲的誇張的分子，也夠不上這資格。只有《紅樓夢》要算最好，這書雖然被一班無聊文人學壞成了《玉梨魂》派的範本，但本來仍然是好。因為他能寫出中國家庭中的喜劇悲劇，到了現在，情形依舊不改，所以耐人研究。在近時著作中，舉不出什麼東西，還只是希望將來的努力，能翻譯或造作出幾種有價值有生命的文學作品。

一九一八年十二月二十日

■ 平民的文學

人的文學

　　我們現在應該提倡的新文學，簡單的說一句，是「人的文學」。應該排斥的，便是反對的非人的文學。

　　新舊這名稱，本來很不妥當，其實「太陽底下何嘗有新的東西」？思想道理，只有是非，並無新舊。要說是新，也單是新發見的新，不是新發明的新。新大陸是在十五世紀中，被哥倫布發見，但這地面是古來早已存在。電是在十八世紀中，被富蘭克林發見，但這物事也是古來早已存在。無非以前的人，不能知道，遇見哥倫布與富蘭克林才把他看出罷了。真理的發見，也是如此。真理永遠存在，並無時間的限制，只因我們自己愚昧，聞道太遲，離發見的時候尚近，所以稱他新。其實他原是極古的東西，正如新大陸同電一般，早在這宇宙之內，倘若將他當作新鮮果子，時式衣裳一樣看待，那便大錯了。譬如現在說「人的文學」，這一句話，豈不也像時髦。卻不知世上生了人，便同時生了人道。無奈世人無知，偏不肯體人類的意志，走這正路，卻迷入獸道鬼道裡去，旁皇了多年，才得出來。正如人在白晝時候，閉著眼亂闖，末後睜開眼睛，才曉得世上有這樣好陽光；其實太陽照臨，早已如此，已有了許多年代了。

　　歐洲關於這「人」的真理的發見，第一次是在十五世紀，

人的文學

於是出了宗教改革與文藝復興兩個結果。第二次成了法國大革命，第三次大約便是歐戰以後將來的未知事件了。女人與小兒的發見，卻遲至十九世紀，才有萌芽。古來女人的位置，不過是男子的器具與奴隸。中古時代，教會裡還曾討論女子有無靈魂，算不算得一個人呢。小兒也只是父母的所有品，又不認他是一個未長成的人，卻當他作具體而微的成人，因此又不知演了多少家庭的與教育的悲劇。自從福祿貝爾（Froebel）與戈德溫（Godwin）夫人以後，才有光明出現。到了現在，造成兒童學與女子問題這兩個大研究，可望長出極好的結果來。中國講到這類問題，卻須從頭做起，人的問題，從來未經解決，女人小兒更不必說了。如今第一步先從人說起，生了四千餘年，現在卻還講人的意義，從新要發見「人」，去「闢人荒」，也是可笑的事。但老了再學，總比不學該勝一籌罷。我們希望從文學上起首，提倡一點人道主義思想，便是這個意思。

我們要說人的文學，須得先將這個人字，略加說明。我們所說的人，不是世間所謂「天地之性最貴」，或「圓顱方趾」的人。乃是說，「從動物進化的人類」。其中有兩個要點，（一）「從動物」進化的，（二）從動物「進化」的。

我們承認人是一種生物。他的生活現象，與別的動物並無不同。所以我們相信人的一切生活本能，都是美的善的，應得完全滿足。凡有違反人性不自然的習慣制度，都應該排斥改正。

但我們又承認人是一種從動物進化的生物。他的內面生

活，比別的動物更為複雜高深，而且逐漸向上，有能夠改造生活的力量。所以我們相信人類以動物的生活為生存的基礎，而其內面生活，卻漸與動物相遠，終能達到高上和平的境地。凡獸性的餘留，與古代禮法可以阻礙人性向上的發展者，也都應該排斥改正。

這兩個要點，換一句話說，便是人的靈肉二重的生活。古人的思想，以為人性有靈肉二元，同時並存，永相衝突。肉的一面，是獸性的遺傳；靈的一面，是神性的發端。人生的目的，便偏重在發展這神性；其手段，便在滅了體質以救靈魂。所以古來宗教，大都厲行禁慾主義，有種種苦行，抵制人類的本能。一方面卻別有不顧靈魂的快樂派，只願「死便埋我」。其實兩者都是趨於極端，不能說是人的正當生活。到了近世，才有人看出這靈肉本是一物的兩面，並非對抗的二元。獸性與神性，合起來便只是人性。英國十八世紀詩人布雷克 (Blake) 在《天國與地獄的結婚》一篇中，說得最好。

（一）人並無與靈魂分離的身體。因這所謂身體者，原止是五官所能見的一部分的靈魂。

（二）力是唯一的生命，是從身體發生的。理就是力的外面的界。

（三）力是永久的悅樂。

他這話雖然略含神祕的氣味，但很能說出靈肉一致的要義。我們所信的人類正當生活，便是這靈肉一致的生活。所謂

人的文學

從動物進化的人,也便是指這靈肉一致的人,無非用別一說法罷了。

這樣「人」的理想生活,應該怎樣呢?首先便是改良人類的關係。彼此都是人類,卻又各是人類的一個。所以須營一種利己而又利他,利他即是利己的生活。

第一,關於物質的生活,應該各盡人力所及,取人事所需。換一句話,便是各人以心力的勞作,換得適當的衣食住與醫藥,能保持健康的生存。

第二,關於道德的生活,應該以愛智信勇四事為基本道德,革除一切人道以下或人力以上的因襲的禮法,使人人能享自由真實的幸福生活。

這種「人的」理想生活,實行起來,實於世上的人無一不利。富貴的人雖然覺得不免失了他的所謂尊嚴,但他們因此得從非人的生活裡救出,成為完全的人,豈不是絕大的幸福嗎?這真可說是二十世紀的新福音了。只可惜知道的人還少,不能立地實行。所以我們要在文學上略略提倡,也稍盡我們愛人類的意思。

但現在還須說明,我所說的人道主義,並非世間所謂「悲天憫人」或「博施濟眾」的慈善主義,乃是一種個人主義的人間本位主義。這理由是。

第一,人在人類中,正如森林中的一株樹木。森林盛了,

各樹也都茂盛。但要森林盛,卻仍非靠各樹各自茂盛不可。

第二,個人愛人類,就只為人類中有了我,與我相關的緣故。

墨子說,「愛人不外己,己在所愛之中」,便是最透澈的話。上文所謂利己而又利他,利他即是利己,正是這個意思。所以我說的人道主義,是從個人做起。要講人道,愛人類,便須先使自己有人的資格,占得人的位置。耶穌說,「愛鄰如己。」如不先知自愛,怎能「如己」的愛別人呢?至於無我的愛,純粹的利他,我以為是不可能的。人為了所愛的人,或所信的主義,能夠有獻身的行為。若是割肉飼鷹,投身給餓虎吃,那是超人間的道德,不是人所能為的了。

用這人道主義為本,對於人生諸問題,加以記錄研究的文字,便謂之人的文學。其中又可以分作兩項。

(一) 是正面的,寫這理想生活,或人間上達的可能性;

(二) 是側面的,寫人的平常生活,或非人的生活,都很可以供研究之用。

這類著作,份量最多,也最重要。因為我們可以因此明白人生實在的情狀,與理想生活比較出差異與改善的方法。這一類中寫非人的生活的文學,世間每每誤會,與非人的文學相溷,其實卻大有分別。譬如法國莫泊桑 (Maupassant) 的小說《一生》(*Une Vie*),是寫人間獸慾的人的文學;中國的《肉蒲團》卻是非人的文學。俄國庫普林 (Kuprin) 的小說《坑》(*Yama*),

人的文學

是寫娼妓生活的人的文學；中國的《九尾龜》卻是非人的文學。這區別就只在著作的態度不同。一個嚴肅，一個遊戲。一個希望人的生活，所以對於非人的生活，懷著悲哀或憤怒；一個安於非人的生活，所以對於非人的生活，感著滿足，又多帶些玩弄與挑撥的形跡。簡明說一句，人的文學與非人的文學的區別，便在著作的態度，是以人的生活為是呢，非人的生活為是呢這一點上。材料方法，別無關係。即如提倡女人殉葬 —— 即殉節 —— 的文章，表面上豈不說是「維持風教」；但強迫人自殺，正是非人的道德，所以也是非人的文學。中國文學中，人的文學本來極少。從儒教道教出來的文章，幾乎都不合格。現在我們單從純文學上舉例如：

（一）色情狂的淫書類

（二）迷信的鬼神書類《封神傳》、《西遊記》等

（三）神仙書類《綠野仙蹤》等

（四）妖怪書類《聊齋志異》、《子不語》等

（五）奴隸書類甲種主題是皇帝狀元宰相　乙種主題是神聖的父與夫

（六）強盜書類《水滸》、《七俠五義》、《施公案》等

（七）才子佳人書類《三笑姻緣》等

（八）下等諧謔書類《笑林廣記》等

（九）黑幕類

（十）以上各種思想和合結晶的舊戲

這幾類全是妨礙人性的生長，破壞人類的平和的東西，統應該排斥。這宗著作，在民族心理研究上，原都極有價值。在文藝批評上，也有幾種可以容許。但在主義上，一切都該排斥。倘若懂得道理，識力已定的人，自然不妨去看。如能研究批評，便於世間更為有益，我們也極歡迎。

人的文學，當以人的道德為本，這道德問題方面很廣，一時不能細說。現在只就文學關係上，略舉幾項。譬如兩性的愛，我們對於這事，有兩個主張。

（一）是男女兩本位的平等

（二）是戀愛的結婚。

世間著作，有發揮這意思的，便是絕好的人的文學。如易卜生（Ibsen）的戲劇《玩偶之家》（*Et Dukkehjem*）、《海女》（*Fruen fra Havet*），俄國托爾斯泰（Tolstoj）的小說 *Anna Karenina*，英國哈迪（Hardy）的小說《臺斯》（*Tess*）等就是。戀愛起原，據芬蘭學者韋斯特馬克（Westermarck）說，由於「人的對於與我快樂者的愛好」。卻又如奧國路克（Lucke）說，因多年心的進化，漸變了高上的感情。所以真實的愛與兩性的生活，也須有靈肉二重的一致。但因為現世社會境勢所迫，以致偏於一面的，不免極多。這便須根據人道主義的思想，加以記錄研究。卻又不可將這樣生活，當作倖福或神聖，讚美提倡。中國的色情狂的淫書，不必說了。舊基督教的禁慾主義的思想，我也不能承認他

為是。又如俄國陀思妥耶夫斯基（Dostojevskij）是偉大的人道主義的作家。但他在一部小說中，說一男人愛一女子，後來女子愛了別人，他卻竭力斡旋，使他們能夠配合。陀思妥耶夫斯基自己，雖然言行竟是一致，但我們總不能承認這種種行為，是在人情以內，人力以內，所以不願提倡。又如印度詩人泰戈爾（Tagore）做的小說，時時頌揚東方思想。有一篇記一寡婦的生活，描寫他的「心的娑提（Suttee）」娑提是印度古語指寡婦與他丈夫的屍體一同焚化的習俗，又一篇說一男人棄了他的妻子，在英國別娶，他的妻子，還典賣了金珠寶玉，永遠的接濟他。一個人如有身心的自由，以自由別擇，與人結了愛，遇著生死的別離，發生自己犧牲的行為，這原是可以稱道的事。但須全然出於自由意志，與被專制的因襲禮法逼成的動作，不能併為一談。印度人身的娑提，世間都知道是一種非人道的習俗，近來已被英國禁止。至於人心的娑提，便只是一種變相。一是死刑，一是終身監禁。照中國說，一是殉節，一是守節，原來娑提這字，據說在梵文，便正是節婦的意思。印度女子被「娑提」了幾千年，便養成了這一種畸形的貞順之德。講東方化的，以為是國粹，其實只是不自然的制度習慣的惡果。譬如中國人磕頭慣了，見了人便無端的要請安拱手作揖，大有非跪不可之意，這能說是他的謙和美德嗎？我們見了這種畸形的所謂道德，正如見了塞在罈子裡養大的，身子像蘿蔔形狀的人，只感著恐怖嫌惡悲哀憤怒種種感情，絕不該將他提倡，拿他賞讚。

其次如親子的愛。古人說，父母子女的愛情，是「本於天性」，這話說得最好。因他本來是天性的愛，所以用不著那些人為的束縛，妨害他的生長。假如有人說，父母生子，全由私慾，世間或要說他不道。今將他改作由於天性，便極適當。照生物現象看來，父母生子，正是自然的意志。有了性的生活，自然有生命的延續，與哺乳的努力，這是動物無不如此。到了人類，對於戀愛的融合，自我的延長，更有意識，所以親子的關係，尤為深厚。近時識者所說兒童的權利，與父母的義務，便即據這天然的道理推演而出，並非時新的東西。至於世間無知的父母，將子女當作所有品，牛馬一般養育，以為養大以後，可以隨便吃他騎他，那便是退化的謬誤思想。英國教育家戈思德（Gorst）稱他們為「猿類之不肖子」，正不為過。日本津田左右吉著《文學上國民思想的研究》卷一說，「不以親子的愛情為本的孝行觀念，又與祖先為子孫而生存的生物學的普遍事實，人為將來而努力的人間社會的實際狀態，俱相違反，卻認作子孫為祖先而生存，如此道德中，顯然含有不自然的分子。」祖先為子孫而生存，所以父母理應愛重子女，子女也就應該愛敬父母。這是自然的事實，也便是天性。文學上說這親子的愛的，希臘訶美羅斯（Homeros）史詩《伊里亞思》（*Ilias*）與尤里比底斯（Euripides）悲劇《德羅夜兒斯》（*Trōades*）中，說赫克托爾（Hektor）夫婦與兒子的死別兩節，在古文學中，最為美妙。近來諾威伊孛然的《群鬼》（*Gengangere*），德國蘇德曼（Sudermann）的戲劇《故鄉》（*Heimat*），俄國屠格涅夫（Turgenjev）的小說《父子》（*Ottsy i djeti*）等，都很可以供我們的研究。至於郭巨埋兒，丁蘭刻木那一類殘忍迷信的行為，當然不應再行讚揚提倡。割股一事，尚是魔術與食人風俗的遺留，自然算不得道德，不必再叫他溷入文學裡，更不消說了。

　　照上文所說，我們應該提倡與排斥的文學，大致可以明白了。但關於古今中外這一件事上，還須追加一句說明，才可免了誤會。我們對於主義相反的文學，並非如胡致堂或乾隆做史論，單依自己的成見，將古今人物排頭罵倒。我們立論，應抱定「時代」這一個觀念，又將批評與主張，分作兩事。批評古人的著作，便認定他們的時代，給他一個正直的評價，相應的位置。至於宣傳我們的主張，也認定我們的時代，不能與相反的意見通融讓步，唯有排斥的一條方法。譬如原始時代，本來只有原始思想，行魔術食人肉，原是分所當然。所以關於這宗風俗的歌謠故事，我們還要拿來研究，增點見識。但如近代社會中，竟還有想實行魔術食人的人，那便只得將他捉住，送進精神病院去了。其次，對於中外這個問題，我們也只須抱定時代這一個觀念，不必再劃出什麼別的界限。地理上歷史上，原有種種不同，但世界交通便了，空氣流通也快了，人類可望逐漸接近，同一時代的人，便可相併存在。單位是個我，總數是個人。不必自以為與眾不同，道德第一，劃出許多畛域。因為人總與人類相關，彼此一樣，所以張三李四受苦，與彼得約翰受

苦,要說與我無關,便一樣無關;說與我相關,也一樣相關。仔細說,便只為我與張三李四或彼得約翰雖姓名不同,籍貫不同,但同是人類之一,同具感覺性情。他以為苦的,在我也必以為苦。這苦會降在他身上,也未必不能降在我的身上。因為人類的運命是同一的,所以我要顧慮我的運命,便同時須顧慮人類共同的運命。所以我們只能說時代,不能分中外。我們偶有創作,自然偏於見聞較確的中國一方面,其餘大多數都還須紹介譯述外國的著作,擴大讀者的精神,眼裡看見了世界的人類,養成人的道德,實現人的生活。

一九一八年十二月七日

■ 人的文學

新文學的要求

一九二〇年一月六日在北平少年學會講演

今日承貴會招我講演，實在是我的光榮。現在想將我對於新文學的要求，略說幾句。從來對於藝術的主張，大概可以分作兩派：一是藝術派，一是人生派。藝術派的主張，是說藝術有獨立的價值，不必與實用有關，可以超越一切功利而存在。藝術家的全心只在製作純粹的藝術品上，不必顧及人世的種種問題：譬如做景泰藍或雕玉的工人，能夠做出最美麗精巧的美術品，他的職務便已盡了，於別人有什麼用處，他可以不問了。這「為什麼而什麼」的態度，固然是許多學問進步的大原因；但在文藝上，重技工而輕情思，妨礙自己表現的目的，甚至於以人生為藝術而存在，所以覺得不甚妥當。人生派說藝術要與人生相關，不承認有與人生脫離關係的藝術。這派的流弊，是容易講到功利裡邊去，以文藝為倫理的工具，變成一種壇上的說教。正當的解說，是仍以文藝為究極的目的；但這文藝應當透過了著者的情思，與人生有接觸。換一句話說，便是著者應當用藝術的方法，表現他對於人生的情思，使讀者能得藝術的享樂與人生的解釋。這樣說來，我們所要求的當然是人生的藝術派的文學。在研究文藝思想變遷的人，對於各時代各派別的

新文學的要求

文學，原應該平等看待，各各還他一個本來的位置；但在我們心想創作文藝，或從文藝上得到精神的糧食的人，卻不能不決定趨向，免得無所適從，所以我們從這兩派中，就取了人生的藝術派。但世間並無絕對的真理，這兩派的主張都各自有他的環境與氣質的原因；我們現在的取捨，也正逃不脫這兩個原因的作用，這也是我們應該承認的。如歐洲文學在十九世紀中經過了傳奇主義與寫實主義兩次的大變動，俄國文學總是一種理想的寫實主義，這便因俄國人的環境與氣質的關係，不能撇開了社會的問題，趨於主觀與客觀的兩極端。我們稱述人生的文學，自己也以為是從學理上立論，但事實也許還有下意識的作用；揹著過去的歷史，生在現今的境地，自然與唯美及快樂主義不能多有同情。這感情上的原因，能使理性的批判更為堅實，所以我相信人生的文學實在是現今中國唯一的需要。

人生的文學是怎麼樣的呢？據我的意見，可以分作兩項說明：

一，這文學是人生的；不是獸性的，也不是神性的。

二，這文學是人類的，也是個人的；卻不是種族的，國家的，鄉土及家族的。

關於第一項，我曾做了一篇《人的文學》略略說過了。大旨從生物學的觀察上，認定人類是進化的動物；所以人的文學也應該是人間本位主義的。因為原來是動物，故所有共通的生活本能，都是正當的，美的善的；凡是人情以外人力以上的，神的屬性，不是我們的要求。但又因為是進化的，故所有已經淘汰，或

不適於人的生活的，獸的屬性，也不願他復活或保留，妨害人類向上的路程。總之是要還他一個適如其分的人間性，也不要多，也不要少就是了。

我們從這文學的主位的人的本性上，定了第一項的要求，又從文學的本質上，定了這第二項的要求。人間的自覺，還是近來的事，所以人性的文學也是百年內才見發達，到了現代可算是興盛了。文學上人類的傾向，卻原是歷史上的事實；中間經過了幾多變遷，從各種階級的文藝又回到平民的全體的上面來，但又加了一重個人的色彩，這是文藝進化上的自然的結果，與原始的文學不同的地方，也就在這裡了。

關於文學的意義，雖然諸家的議論各各有點出入；但就文藝起源上論他的本質，我想可以說是作者的感情的表現。《詩序》裡有一節話，雖是專說詩的起源的，卻可以移來作上文的說明：

「情動於中而形於言；言之不足，故詠歌之；詠歌之不足，故嗟嘆之；嗟嘆之不足，故不知手之舞之，足之蹈之。」

我們考察希臘古代的頌歌（Hymn）史詩（Epic）戲曲（Drama）發達的歷史，覺得都是這樣情形。上古時代生活很簡單，人的感情思想也就大體一致，不出儲存生活這一個範圍；那時個人又消納在族類裡面，沒有獨立表現的機會，所以原始的文學都是表現一團體的感情的作品。譬如戲曲的起源是由於一種祭賽，彷彿中國從前的迎春。這時候大家的感情，都會集在期

新文學的要求

望春天的再生這一點上,這期望的原因,就在對於生活數據缺乏的憂慮。這憂慮與期待的「情」實在迫切了,自然而然的發為言動,在儀式上是一種希求的具體的表現,也是實質的祈禱,在文學上便是歌與舞的最初的意義了。後來的人將歌舞當作娛樂的遊戲的東西,卻不知道他原來是人類的關係生命問題的一種宗教的表示。我們原不能說事物的原始的意義,定是正當的界說,想叫化學回到黃白朮去;但我相信在文藝上這意義還是一貫,不但並不漸走漸遠,而且反有復原的趨勢,所以我們於這文學史上的回顧,也不能不相當的注意。但是幾千年的時間,夾在中間,使這兩樣相似的趨勢,生了多少變化;正如現代的共產生活已經不是古代的井田制度了。

古代的人類的文學,變為階級的文學;後來階級的範圍逐漸脫去,於是歸結到個人的文學,也就是現代的人類的文學了。要明白這意思,墨子說的「己在所愛之中」這一句話,最註解得好。淺一點說,我是人類之一;我要幸福,須得先使人類幸福了,才有我的分;若更進一層,那就是說我即是人類。所以這個人與人類的兩重的特色,不特不相衝突,而且反是相成的。古代的個人消納在族類的裡面,個人的簡單的欲求都是同類所共具的,所以便將族類代表了個人。現代的個人雖然原也是族類的一個,但他的進步的欲求,常常超越族類之先,所以便由他代表了族類了。譬如怕死這一種心理,本是人類共通的本性;寫這種心情的歌詩,無論出於群眾,出於個人,都可互

相了解，互相代表，可以稱為人類的文學了。但如愛自由，求幸福，這雖然也是人類所共具的，但因為沒有十分迫切，在群眾每每忍耐過去了；先覺的人卻叫了出來，在他自己雖然是發表個人的感情，個人的欲求，但他實在也替代了他以外的人類發表了他們自己暫時還未覺到，或沒有才力能夠明白說出的感情與欲求了。還有一層與古代不同的地方，便是古代的文學純以感情為主，現代卻加上了多少理性的調劑。許多重大問題，經了近代的科學的大洗禮，理論上都能得到了解。

如種族國家這些區別，從前當作天經地義的，現在知道都不過是一種偶像。所以現代覺醒的新人的主見，大抵是如此：「我只承認大的方面有人類，小的方面有我，是真實的。」人類裡邊有皮色不同，習俗不同的支派，正與國家地方家族裡有生理，心理上不同的分子一樣，不是可以認為異類的鐵證。我想這各種界限的起因，是由於利害的關係，與神祕的生命上的聯絡的感情。從前的人以為非損人不能利己，所以連合關係密切的人，組織一個攻守同盟；現在知道了人類原是利害相共的，並不限定一族一國，而且利己利人，原只是一件事情，這個攻守同盟便變了人類對自然的問題了。從前的人從部落時代的「圖騰」思想，引伸到近代的民族觀念，這中間都含有血脈的關係；現在又推上去，認定大家都是從「人」（Anthropos）這一個圖騰出來的，雖然後來住在各處，異言異服，覺得有點隔膜，其實原是同宗。這樣的大人類主義，正是感情與理性的調和的出產

新文學的要求

物,也就是我們所要求的人道主義的文學的基調。

這人道主義的文學,我們前面稱他為人生的文學,又有人稱為理想主義的文學;名稱盡有異同,實質終是一樣,就是個人以人類之一的資格,用藝術的方法表現個人的感情,代表人類的意志,有影響於人間生活幸福的文學。所謂人類的意志這一句話,似乎稍涉理想,但我相信與近代科學的研究也還沒有什麼衝突;至於他的內容,我們已經在上文分兩項說過,此刻也不再說了。這新時代的文學家,是「偶像破壞者」。但他還有他的新宗教,——人道主義的理想是他的信仰,人類的意志便是他的神。

兒童的文學

一九二○年十月二十六日在北平孔德學校講演

今天所講兒童的文學，換一句話便是「小學校裡的文學」。美國的斯喀·特爾（H·E·Scudder）麥克林托克（P·L·Maclintock）諸人都有這樣名稱的書，說明文學在小學教育上的價值，他們以為兒童應該讀文學的作品，不可單讀那些商人杜撰的讀本。讀了讀本，雖然說是識字了，卻不能讀書，因為沒有讀書的趣味。這話原是不錯，我也想用同一的標題，但是怕要誤會，以為是主張叫小學兒童讀高深的文學作品，所以改作今稱，表明這所謂文學，是單指「兒童的」文學。

以前的人對於兒童多不能正當理解，不是將他當作縮小的成人，拿「聖經賢傳」儘量的灌下去，便將他看作不完全的小人，說小孩懂得什麼，一筆抹殺，不去理他。近來才知道兒童在生理心理上，雖然和大人有點不同，但他仍是完全的個人，有他自己的內外兩面的生活。兒童期的二十幾年的生活，一面固然是成人生活的預備，但一面也自有獨立的意義與價值；因為全生活只是一個生長，我們不能指定那一截的時期，是真正的生活。我以為順應自然生活各期，──生長，成熟，老死，都是真正的生活。所以我們對於誤認兒童為縮小的成人的教法，

兒童的文學

固然完全反對,就是那不承認兒童的獨立生活的意見,我們也不以為然。那全然蔑視的不必說了,在詩歌裡鼓吹合群,在故事裡提倡愛國,專為將來設想,不顧現在兒童生活的需要的辦法,也不免浪費了兒童的時間,缺損了兒童的生活。

我想兒童教育,是應當依了他內外兩面的生活的需要,適如其分的供給他,使他生活滿足豐富,至於因了這供給的材料與方法而發生的效果,那是當然有的副產物,不必是供給時的唯一目的物。換一句話說,因為兒童生活上有文學的需要,我們供給他,便利用這機會去得一種效果,——於兒童將來生活上有益的一種思想或習性,當作副產物,並不因為要得這效果,便不管兒童的需要如何,供給一種食料,強迫他吞下去。所以小學校裡的文學的教材與教授,第一須注意於「兒童的」這一點,其次才是效果,如讀書的趣味,智情與想像的修養等。

兒童生活上何以有文學的需要?這個問題,只要看文學的起源的情形,便可以明白。兒童哪裡有自己的文學?這個問題,只要看原始社會的文學的情形,便可以明白。照進化說講來,人類的個體發生原來和系統發生的程式相同:胚胎時代經過生物進化的歷程,兒童時代又經過文明發達的歷程;所以兒童學(Paidologie)上的許多事項,可以借了人類學(Anthropologie)上的事項來作說明。文學的起源,本由於原人的對於自然的畏懼與好奇,憑了想像,構成一種感情思想,借了言語行動表現出來,總稱是歌舞,分起來是歌,賦與戲曲小說。兒童的精神生活本

與原人相似，他的文學是兒歌童話，內容形式不但多與原人的文學相同，而且有許多還是原始社會的遺物，常含有野蠻或荒唐的思想。兒童與原人的比較，兒童的文學與原始的文學的比較，現在已有定論，可以不必多說；我們所要注意的，只是在於怎麼樣能夠適當的將「兒童的」文學供給與兒童。

近來有許多人對於兒童的文學，不免懷疑，因為他們覺得兒歌童話裡多有荒唐乖謬的思想，恐於兒童有害。這個疑懼本也不為無理，但我們有這兩種根據，可以解釋他。

第一，我們承認兒童有獨立的生活，就是說他們內面的生活與大人不同，我們應當客觀地理解他們，並加以相當的尊重。嬰兒不會吃飯，只能給他乳吃；不會走路，只好抱他，這是大家都知道的。精神上的情形，也正同這個一樣。兒童沒有一個不是拜物教的，他相信草木能思想，貓狗能說話，正是當然的事；我們要糾正他，說草木是植物貓狗是動物，不會思想或說話，這事不但沒有什麼益處，反是有害的，因為這樣使他們的生活受了傷了。即使不說兒童的權利那些話，但不自然的阻遏了兒童的想像力，也就所失很大了。

第二，我們又知道兒童的生活，是轉變的生長的。因為這一層，所以我們可以放膽供給兒童需要的歌謠故事，不必愁他有什麼壞的影響，但因此我們又更須細心斟酌，不要使他停滯，脫了正當的軌道。譬如嬰兒生了牙齒可以吃飯，腳力強了可以走路了，卻還是哺乳提抱，便將使他的胃腸與腳的筋肉反變衰

弱了。兒童相信貓狗能說話的時候，我們便同他們講貓狗說話的故事，不但要使得他們喜悅，也因為知道這過程是跳不過的——然而又自然的會推移過去的，所以相當的對付了，等到兒童要知道貓狗是什麼東西的時候到來，我們再可以將生物學的知識供給他們。倘若不問兒童生活的轉變如何，只是始終同他們講貓狗說話的事，那時這些荒唐乖謬的弊害才真要出來了。

據麥克林托克說，兒童的想像如被迫壓，他將失了一切的興味，變成枯燥的唯物的人；但如被放縱，又將變成夢想家，他的心力都不中用了。所以小學校裡的正當的文學教育，有這樣三種作用：

（1）順應滿足兒童之本能的興趣與趣味

（2）培養並指導那些趣味

（3）喚起以前沒有的新的興趣與趣味。

這（1）便是我們所說的供給兒童文學的本意，（2）與（3）是利用這機會去得一種效果。但怎樣才能恰當的辦到呢？依據兒童心理髮達的程式與文學批評的標準，於教材選擇與教授方法上，加以注意，當然可以得到若干效果。教授方法的話可以不必多說了，現在只就教材選擇上，略略說明以備參考。

兒童學上的分期，大約分作四期，一嬰兒期（一至三歲），二幼兒期（三至十），三少年期（十至十五），四青年期（十五至二十）。我們現在所說的是學校裡一年至六年的兒童，便是幼兒

期及少年期的前半,至於七年以上所謂中學程度的兒童,這回不暇說及,當俟另外有機會再講了。

　　幼兒期普通又分作前後兩期,三至六歲為前期,又稱幼稚園時期,六至十為後期,又稱初等小學時期。前期的兒童,心理的發達上最旺盛的是感覺作用,其他感情意志的發動也多以感覺為本,帶著衝動的性質。這時期的想像,也只是所動的,就是聯想的及模仿的兩種,對於現實與虛幻,差不多沒有什麼區別。到了後期,觀察與記憶作用逐漸發達,得了各種現實的經驗,想像作用也就受了限制,須與現實不相衝突,才能容納;若表現上面,也變了主動的,就是所謂構成的想像了。少年期的前半大抵也是這樣,不過自我意識更為發達,關於社會道德等的觀念,也漸明白了。

　　約略根據了這個程式,我們將各期的兒童的文學分配起來,大略如下:——

幼兒前期

　　(1) 詩歌　這時期的詩歌,第一要注意的是聲調。最好是用現有的兒歌,如北平的「水牛兒」「小耗子」都可以用,就是那趁韻而成的如「忽聽門外人咬狗」,咒語一般的抉擇歌如「鐵腳斑斑」,只要音節有趣,也是一樣可用的。因為幼兒唱歌只為好聽,內容意義不甚緊要,但是粗俗的歌詞也應該排斥,所以選擇詩歌不必積極的羅致名著,只須消極加以別擇便好了。古今

詩裡有適宜的，當然可用；但特別新做的兒歌，我反不大贊成，因為這是極難的，難得成功的。

（2）寓言　寓言實在只是童話的一種，不過略為簡短，又多含著教訓的意思，普通就稱作寓言。在幼兒教育上，他的價值單在故事的內容，教訓實是可有可無；倘這意義是自明的，兒童自己能夠理會，原也很好，如藉此去教修身的大道理，便不免謬了。這不但因為在這時期教了不能了解，且恐要養成曲解的癖，於將來頗有弊病。象徵的著作須得在少年期的後期（第六七學年）去讀，才有益處。

（3）童話　童話也最好利用原有的材料，但現在的尚未有人收集，古書裡的須待修訂，沒有恰好的童話集可用。翻譯別國的東西，也是一法，只須稍加審擇便好。本來在童話裡，儲存著原始的野蠻的思想制度，比別處更多。雖然我們說過兒童是小野蠻，喜歡荒唐乖謬的故事，本是當然，但有幾種也不能不注意，就是凡過於悲哀，苦痛，殘酷的，不宜採用。神怪的事只要不過恐怖的限度，總還無妨；因為將來理智發達，兒童自然會不再相信這些，若是過於悲哀或痛苦，便永遠在腦裡留下一個印象，不會消滅，於後來思想上很有影響；至於殘酷的害，更不用說了。

幼兒後期

（1）詩歌　這期間的詩歌不只是形式重要，內容也很重要了；讀了固然要好聽，還要有意思，有趣味。兒歌也可應用，前

期讀過還可以重讀，前回聽他的音，現在認他的文字與意義，別有一種興趣。文學的作品倘有可採用的，極為適宜，但恐不很多。如選取新詩，須擇葉韻而聲調和諧的；但有詞調小曲調的不取，抽象描寫或講道理的也不取。兒童是最能創造而又最是保守的；他們所喜歡的詩歌，恐怕還是五七言以前的聲調，所以普通的詩難得受他們的賞鑑；將來的新詩人能夠超越時代，重新尋到自然的音節，那時真正的新的兒歌才能出現了。

(2) 童話　小學的初級還可以用普通的童話，但是以後兒童辨別力漸強，對於現實與虛幻已經分出界限，所以童話裡的想像也不可太與現實分離；丹麥安徒生 (Hans C・Andersen) 作的童話集裡，有許多適用的材料。傳說也可以應用，但應當注意，不可過量的鼓動崇拜英雄的心思，或助長粗暴殘酷的行為。中國小說裡的《西遊記》講神怪的事，卻與《封神傳》不同，也算純樸率真，有幾節可以當童話用。《今古奇觀》等書裡邊，也有可取的地方，不過須加以修訂才能適用罷了。

(3) 天然故事　這是寓言的一個變相；以前讀寓言是為他的故事，現在卻是為他所講的動物生活。兒童在這時期，好奇心很是旺盛，又對於牧畜及園藝極熱心，所以給他讀這些故事，隨後引到記述天然的著作，便很容易了。但中國這類著作非常缺少，不得不取材於譯書，如《萬物一覽》等書了。

少年期

（1）詩歌　淺近的文言可以應用，如唐代的樂府及古詩裡多有好的材料；中國缺少敘事的民歌（Ballad），只有《孔雀東南飛》等幾篇可以算得佳作，《木蘭行》便不大適用。這時期的兒童對於普通的兒歌，大抵已經沒有什麼趣味了。

（2）傳說　傳說與童話相似，只是所記的是有名英雄，雖然也含有空想的成分，比較的近於現實。在自我意識團體精神漸漸發達的時期，這類故事，頗為合宜；但容易引起不適當的英雄崇拜與愛國心，極須注意，最好採用各國的材料，使兒童知道人性裡共通的地方，可以免去許多偏見。奇異而有趣味的，或真切而合於人情的，都可採用；但講明太祖拿破崙等的故事，還以不用為宜。

（3）寫實的故事　這與現代的寫實小說不同，單指多含現實分子的故事，如歐洲的《魯賓遜》（*Robinson Crusoe*）或《唐吉訶德》（*Don Quixote*）而言。中國的所謂社會小說裡，也有可取的地方，如《儒林外史》及《老殘遊記》之類，紀事敘景都可，只不要有玩世的口氣，也不可有誇張或感傷的「雜劇的」氣味。《官場現形記》與《廣陵潮》沒有什麼可取，便因為這個緣故。

（4）寓言　這時期的教寓言，可以注意在意義，助成兒童理智的發達。希臘及此外歐洲寓言作家的作品，都可選用；中國古文及佛經裡也有許多很好的譬喻。但寓言的教訓，多是從經驗出來，不是憑理論的，所以盡有頑固或背謬的話，用時應當

注意；又篇末大抵附有訓語，可以刪去，讓兒童自己去想，指定了反妨害他們的活動了。滑稽故事此時也可以用，童話裡本有這一部類，不過用在此刻也偏重意義罷了。古書如《韓非子》等的裡邊，頗有可用的材料，大都是屬於理智的滑稽，就是所謂機智，感情的滑稽實例很少；世俗大多數的滑稽都是感覺的，沒有文學的價值了。

（5）戲曲　兒童的遊戲中本含有戲曲的原質，現在不過伸張綜合了，適應他們的需要。在這裡邊，他們能夠發揚模仿的及構成的想像作用，得到團體遊戲的快樂，這雖然是指實演而言，但誦讀也別有興趣，不過這類著作，中國一點都沒有，還須等人去研究創作；能將所讀的傳說去戲劇化，原是最好，卻又極難，所以也只好先從翻譯入手了。

以上約略就兒童的各期，分配應用的文學種類，還只是理論上的空談，須經過實驗，才能確實的編成一個詳表。以前所說多偏重「兒童的」，但關於「文學的」這一層，也不可將他看輕；因為兒童所需要的是文學，並不是商人杜撰的各種文章，所以選用的時候還應當注意文學的價值。所謂文學的，卻也並非要引了文學批評的條例，細細的推敲，只是說須有文學趣味罷了。文章單純，明瞭，勻整；思想真實，普遍：這條件便已完備了。麥克林托克說，小學校裡的文學有兩種重要的作用，

（1）表現具體的影像

（2）造成組織的全體

兒童的文學

　　文學之所以能培養指導及喚起兒童的新的興趣與趣味，大抵由於這個作用。所以這兩條件，差不多就可以用作兒童文學的藝術上的標準了。

　　中國向來對於兒童，沒有正當的理解，又因為偏重文學，所以在文學中可以供兒童之用的，實在絕無僅有；但是民間口頭流傳的也不少，古書中也有可用的材料，不過沒有人採集或修訂了，拿來應用，坊間有幾種唱歌和童話，卻多是不合條件，不適於用。我希望有熱心的人，結合一個小團體，起手研究，逐漸收集各地歌謠故事，修訂古書裡的材料，翻譯外國的著作，編成幾部書，供家庭學校的用，一面又編成兒童用的小冊，用了優美的裝幀，刊印出去，於兒童教育當有許多的功效。我以前因為漢字困難，怕這事不大容易成功，現在有了注音字母，可以不必多愁了。但插畫一事，仍是為難。現今中國畫報上的插畫，幾乎沒有一張過得去的，要尋能夠為兒童書作插畫的，自然更不易得了，這真是一件可惜的事。

聖書與中國文學

我對於宗教從來沒有什麼研究，現在要講這個題目，覺得實在不大適當。但我的意思只偏重在文學的一方面，不是教義上的批評，如改換一個更為明瞭的標題，可以說是古代希伯來文學的精神及形式與中國新文學的關係。新舊約的內容，正和中國的四書五經相似，在教義上是經典，一面也是國民的文學；中國現在雖然還沒有將經書作文學研究的專書，聖書之文學的研究在歐洲卻很普通，英國「普通人的圖書館」(Everyman's Library) 裡的一部《舊約》，便題作「古代希伯來文學」。我現在便想在這方面，將我的意見略略說明。

我們說《舊約》是希伯來的文學，但我們一面也承認希伯來人是宗教的國民，他的文學裡多含宗教的氣味，這是當然的事實。我想文學與宗教的關係本來很是密切，不過希伯來思想裡宗教分子比別國更多一點罷了。我們知道藝術起源大半從宗教的儀式出來，如希臘的詩 (Melê = Songs) 賦 (Epê = Epics) 戲曲都可以證明這個變化，就是雕刻繪畫上也可以看出許多蹤跡。一切藝術都是表現各人或一團體的感情的東西；《詩序》裡說，「情動於中而形於言；言之不足，故詠歌之；詠歌之不足，故嗟嘆之；嗟嘆之不足，故不知手之舞之，足之蹈之。」這所說

雖然止於歌舞，引申起來，也可以作雕刻繪畫的起源的說明。原始社會的人，唱歌，跳舞，雕刻繪畫，都為什麼呢？他們因為情動於中，不能自已，所以用了種種形式將他表現出來，彷彿也是一種生理上的滿足。

最初的時候，表現感情並不就此完事；他是懷著一種期望，想因了言動將他傳達於超自然的或物，能夠得到滿足：這不但是歌舞的目的如此，便是別的藝術也是一樣，與祠墓祭祀相關的美術可以不必說了，即如野蠻人刀柄上的大鹿與杖頭上的女人象徵，也是一種符咒作用的，他的希求的具體的表現。後來這祈禱的意義逐漸淡薄，作者一樣的表現感情，但是並不期望有什麼感應，這便變了藝術，與儀式分離了。又凡舉行儀式的時候，全部落全宗派的人都加在裡邊，專心贊助，沒有賞鑑的餘暇；後來有旁觀的人用了賞鑑的態度來看他，並不夾在儀式中間去發表同一的期望，只是看看接受儀式的印象，分享舉行儀式者的感情；於是儀式也便轉為藝術了。

從表面上看來變成藝術之後便與儀式完全不同，但是根本上有一個共通點，永久沒有改變的，這是神人合一，物我無間的體驗。原始儀式裡的入神（Enthousiasmos）忘我（Ekstasis），就是這個境地；此外如希臘的新柏拉圖派，印度的婆羅門教，波斯的「毛衣外道」（Sufi）等的求神者，目的也在於此；基督教的福音書內便說的明白，「使他們合而為一；正如你父在我裡面，我在你裡面，使他們也在我們裡面。」（《約翰福音》第十八

章二十七節）這可以說是文學與宗教的共通點的所在。托爾斯泰著的《什麼是藝術》，專說明這個道理，雖然也有不免稍偏的地方，經克魯泡特金加以修正（見《克魯泡特金的思想》內第二章文學觀），但根本上很是正確。他說藝術家的目的，是將他見了自然或人生的時候所經驗的感情，傳給別人，因這傳染的力量的薄厚合這感情的好壞，可以判斷這藝術的高下。人類所有最高的感情便是宗教的感情；所以藝術必須是宗教的，才是最高上的藝術。「基督教思想的精義在於各人的神子的資格，與神人的合一及人們相互的合一，如福音書上所說。因此基督教藝術的內容便是使人與神合一及人們互相合一的感情。……但基督教的所謂人們的合一，並非只是幾個人的部分的獨占的合一，乃是包括一切，沒有例外。一切的藝術都有這個特性，——使人們合一。各種的藝術都使感染著藝術家的感情的人，精神上與藝術家合一，又與感受著同一印象的人合一。非基督教的藝術雖然一面聯合了幾個人，但這聯合卻成了合一的人們與別人中間的分離的原因；這不但是分離，而且還是對於別人的敵視的原因。」（《什麼是藝術》第十六章）同樣的話，在近代文學家裡面也可以尋到不少。俄國安特來夫（Leonid Andrejev）說，「我們的不幸，便是在大家對於別人的心靈，生命，苦痛，習慣，意向，願望，都很少理解，而且幾於全無。

　　我是治文學的，我之所以覺得文學的可尊，便因其最高上的事業，是在拭去一切的界限與距離。」英國康拉德（Joseph Conrad）說，「對於同類的存在的強固的認知，自然的具備了想像的形質，比事實更要明瞭，這便是小說。」福勒忒解說道，「小說的比事實更要明瞭的美，是他的藝術價值；但有更重要的地方，人道主義派所據以判斷他的價值的，卻是他的能使人認知同類的存在的那種力量。總之，藝術之所以可貴，因為他是一切驕傲偏見憎恨的否定，因為他是社會化的。」這幾節話都可以說明宗教與文學的共通的所在，聖書與文學的第一層的關係，差不多也可以明瞭了。宗教上的聖書即使不當作文學看待，但與真正的文學裡的宗教的感情，根本上有一致的地方，這就是所謂第一層的關係。

以上單就文學與宗教的普通的關係略略一說，現在想在聖書與中國文學的特別的關係上，再略加說明。我們所注意的原在新的一方面，便是說聖書的精神與形式，在中國新文學的研究及創造上，可以有如何的影響；但舊的一方面，現今歐洲的聖書之文學的考據的研究，也有許多地方可以作中國整理國故的方法的參考，所以順便也將他說及。我剛才提及新舊約的內容正和中國的經書相似：《新約》是四書，《舊約》是五經，——《創世記》等紀事書類與《書經》、《春秋》，《利未記》與《易經》及《禮記》的一部分，《申命記》與《書經》的一部分，《詩篇》、《哀歌》、《雅歌》與《詩經》，都很有類似的地方；但歐洲對於聖書，不僅是神學的，還有史學與文學的研究，成了實證的有統系的批評，不像是中國的經學不大能夠離開了微言大義的。即

如「家庭大學叢書」（Home University Library）裡的《舊約之文學》，便是美國的神學博士摩爾（George F · Moore）做的。他在第二章裡說明《舊約》當作國民文學的價值，曾說道，「這《舊約》在猶太及基督教會的宗教的價值之外，又便是國民文學的殘餘，盡有獨立研究的價值。

這裡邊的傑作，即使不管著作的年代與情狀，隨便取讀，也很是愉快而且有益；但如明瞭了他的時代與在全體文學中的位置，我們將更能賞鑑與理解他了。希伯來人民的政治史，他們文明及宗教史的資源，也都在這文學裡面。」他便照現代的分類，將《創世記》等列為史傳，豫言書等列為抒情詩，《路得記》、《以斯帖記》及《約拿書》列為故事，《約伯記》—— 希伯來文學的最大著作，世界文學的偉大的詩之一，—— 差不多是希臘艾斯奇勒斯（Aiskhylos）式的一篇悲劇了；對於《雅歌》，他這樣說，「世俗的歌大約在當時與頌歌同樣的流行，但是我們幾乎不能得到他的樣本了，倘若沒有一部戀愛歌集題了所羅門王的名字，因了神祕的解釋，將他歸入宗教，得以儲存。」又說，「這書中反覆申說的一個題旨，是男女間的熱烈的官能的戀愛。……在一世紀時，這書雖然題著所羅門的名字，在嚴正的宗派看起來不是聖經；後來等到他們發見 —— 或者不如說加上 —— 了一個譬喻的意義，說他是借了夫婦的愛情在那裡詠歎神與以色列的關係，這才將他收到正經裡去。

古代的神甫們將這譬喻取了過來，不過把愛人指基督，所

愛指教會（欽定譯本的節目上還是如此）或靈魂。中古的教會卻是在新婦裡看出處女馬理亞。……譬喻的戀愛詩——普通說神與靈魂之愛——在各種教義與神祕派裡並非少見的事；極端的精神詩人時常喜用情慾及會合之感覺的比喻；但在《雅歌》裡看不出這樣的起源，而且在那幾世紀中，我們也不曾知道猶太有這樣的戀愛派的神祕主義。」所以他歸結說，「那些歌是民間歌謠的好例，帶著傳統的題材，形式及想像。這歌自然不是一個人的著作，我們相信當是一部戀愛歌集，不必都是為嫁娶的宴會而作，但都適用於這樣的情景。」這《雅歌》的性質正與希臘的祝婚歌（Epithalámium）之類相近，在托爾斯泰派的嚴正批評裡，即使算不到宗教的藝術，也不愧為普遍的藝術了。我們從《雅歌》問題上，便可以看出歐洲關於聖書研究的歷史批評如何發達與完成。

中國的經學卻是怎樣？我們單以《詩經》為例，雅頌的性質約略與《哀歌》及《詩篇》相似，現在也暫且不論，只就國風裡的戀愛詩拿來比較，覺得這一方面的研究沒有什麼滿足的結果。這個最大原因大抵便由於尊守古訓，沒有獨立實證的批判；譬如近代龔橙的《詩本誼》（1889 出版，但系 1840 年作）反對毛傳，但一面又尊守三家遺說，便是一例。他說，「古者勞人思婦，怨女曠夫，貞淫邪正，好惡是非，自達其情而已，不問他人也。」又說，「有作詩之誼，有讀詩之誼，有太師採詩瞽矇諷誦之誼，」都很正確；但他自己的解說還不能全然獨立。他說，

「《關雎》，思得淑女配君子也」；鄭風裡「《女曰雞鳴》，淫女思有家也」。實際上這兩篇詩的性質相差不很遠，大約只是一種戀愛詩，分不出什麼「美刺」，著者卻據了《易林》的「雞鳴同興，思配無家」這幾句話，說他「為淫女之思明甚」，仍不免拘於「鄭聲淫」這類的成見。我們現在並不是要非難龔氏的議論，不過說明便是他這樣大膽的人，也還不能完全擺脫束縛；倘若離開了正經古說訓這些觀念，用純粹的歷史批評的方法，將他當作國民文學去研究，一定可以得到更為滿足的結果。這是聖書研究可以給予中國治理舊文學的一個極大的教訓與幫助。

說到聖書與中國新文學的關係，可以分作精神和形式的兩面。近代歐洲文明的源泉，大家都知道是起於「二希」就是希臘及希伯來的思想，實在只是一物的兩面，但普通稱作「人性的二元」，將他對立起來；這個區別，便是希臘思想是肉的，希伯來思想是靈的；希臘是現世的，希伯來是永生的。希臘以人體為最美，所以神人同形，又同生活，神便是完全具足的人，神性便是理想的充實的人生。希伯來以為人是照著上帝的形象造成，所以偏重人類所分得的神性，要將他擴充起來，與神接近以至合一。這兩種思想當初分立，互相撐拒，造成近代的文明，到得現代漸有融合的現象。其實希臘的現世主義裡仍重中和（Sophrosynê），希伯來也有熱烈的戀愛詩，我們所說兩派的名稱不過各代表其特殊的一面，並非真是完全隔絕，所以在希臘的新柏拉圖主義及基督教的神祕主義已有了融合的端緒，只

是在現今更為顯明罷了。

　　我們要知道文藝思想的變遷的情形，這聖書便是一種極重要的參考書，因為希伯來思想的基本可以說都在這裡邊了。其次現代文學上的人道主義思想，差不多也都從基督教精神出來，又是很可注意的事。《舊約》裡古代的幾種紀事及豫言書，思想還稍嚴厲；略遲的著作如《約拿書》，便更明瞭的顯出高大寬博的精神，這篇故事雖然集中於巨魚吞約拿，但篇末耶和華所說，「這麻……一夜發生，一夜乾死，你尚且愛惜；何況這尼尼微大城，其中不能分辨左手右手的有十二萬多人，並有許多牲畜，我豈能不愛惜呢？」這一節才是本意的所在。摩爾說，「他不但《以西結書》中神所說『我斷不喜悅惡人死亡，唯喜悅惡人轉離所行的道而活』的話，推廣到全人類，而且更表明神的擁抱一切的慈悲。這神是以色列及異邦人的同一的創造者，他的慈惠在一切所造者之上。」在《新約》裡這思想更加顯著，《馬太福音》中登山訓眾的話，便是適切的例：耶穌說明是來成全律法和先知的道，所以他對於古訓加以多少修正，使神的對於選民的約變成對於各個人的約了。「你們聽見有話說，『以眼還眼，以牙還牙。』只是我告訴你們，不要與惡人作對。」（第五章三十八至三十九）「你們聽見有話說，『當愛你的鄰舍，恨你的仇敵。』只是我告訴你們，要愛你的仇敵，為那逼迫你們的禱告。」（同上四三至四四）這是何等博大的精神！近代文藝上人道主義思想的源泉，一半便在這裡，我們要想理解托爾斯泰，陀思妥耶

夫斯基等的愛的福音之文學,不得不從這源泉上來注意考察。「你們中間誰是沒有罪的,誰就可以先拿石頭打他。」(約第八章七)「父阿,赦免他們,因為他們所作的事,他們不曉得。」(路第二三章三四)耶穌的這兩種言行上的表現,便是愛的福音的基調。「愛是永不止息;先知講道之能,終必歸於無有;說方言之能,終必停止,知識也終必歸於無有。」(林前第十三章八)「上帝就是愛;住在愛裡面的,就是住在上帝裡面,上帝也住在他裡面。」(約一第四章十六)這是說明愛之所以最大的理由,希伯來思想的精神大抵完成了;但是「不愛他所看見的兄弟,就不能愛沒有看見的上帝」。(同上二十)正同柏拉圖派所說不愛美形就無由愛美之自體(Auto to kalon)一樣;再進一步,便可以歸結說,不知道愛他自己,就不能愛他的兄弟;這樣又和希臘思想相接觸,可以歸入人道主義的那一半的源泉裡去了。

其次講到形式的一方面,聖書與中國文學有一種特別重要的關係,這便因他有中國語譯本的緣故。本來兩國文學的接觸,形質上自然的發生多少變化;不但思想豐富起來,就是文體也大受影響,譬如現在的新詩及短篇小說,都是因了外國文學的感化而發生的,倘照中國文學的自然發達的程式,還不知要到何時才能有呢。希伯來古文學裡的那些優美的牧歌(Eidyllia = Idylls)及戀愛詩等,在中國本很少見,當然可以希望他幫助中國的新興文學,衍出一種新體。豫言書派的抒情詩,雖然在現今未必有發達的機會,但拿來和《離騷》等比較,也有許多可

以參照發明的地方。這是從外國文學可以得來的共通的利益,並不限於聖書;至於中國語的全文譯本,是他所獨有的,因此便發生一種特別重要的關係了。我們看出歐洲聖書的翻譯,都於他本國文藝的發展很有關係,如英國的微克列夫(Wycliffe)德國的路得(Luther)的譯本皆是。所以現今在中國也有同一的希望。

　　歐洲聖書的譯本助成各國國語的統一與發展,這動因原是宗教的,也是無意的;聖書在中國,時地及位置都與歐洲不同,當然不能有完全一致的結果,但在中國語及文學的改造上也必然可以得到許多幫助與便利,這是我所深信的不疑的,這個動因當是文學的,又是有意的。兩三年來文學革命的主張在社會上已經占了優勢,破壞之後應該建設了;但是這一方面成績幾乎沒有,這是什麼原故呢?思想未成熟,固然是一個原因,沒有適當的言詞可以表現思想,也是一個重大的障礙。前代雖有幾種語錄說部雜劇流傳到今,也可以備參考,但想用了來表現稍為優美精密的思想,還是不足。有人主張「文學的國語」,或主張歐化的白話,所說都很有理;只是這種理想的言語不是急切能夠造成的,須經過多少研究與試驗,才能約略成就一個基礎;求「三年之艾」去救「七年之病」,本來也還算不得晚,不過我們總還想他好的快點。這個療法,我近來在聖書譯本裡尋到,因為他真是經過多少研究與試驗的歐化的文學的國語,可以供我們的參考與取法。十四五年前復古思想的時候,我對於

《新約》的文言譯本覺得不大滿足，曾想將四福音重譯一遍，不但改正欽定本的錯處，還要使文章古雅，可以和佛經抗衡，這才適當。但是這件事終於還未著手；過了幾年，看看文言及白話的譯本，覺得也就可以適用了；不過想照《百喻經》的例，將耶穌的譬喻從新翻譯，提出來單行，在四五年前還有過這樣的一個計畫。到得現在，又覺得白話的譯本實在很好，在文學上也有很大的價值；我們雖然不能決怎樣是最好，指定一種盡美的模範，但可以說在現今是少見的好的白話文，這譯本的目的本在宗教的一面，文學上未必有意的注意，然而因了他慎重誠實的譯法，原作的文學趣味儲存的很多，所以也使譯文的文學價值增高了。我們且隨便引幾個例：

「我必向以色列如甘露，他必如百合花開放，如黎巴嫩的樹木扎根；他的枝條必延長，他的榮華如橄欖樹，他的香氣如黎巴嫩的香柏樹。」（《何西阿書》第十四章五至六節）

「要給我們擒拿狐狸，就是毀壞葡萄園的小狐狸；因為我們的葡萄正在開花。」（《雅歌》第二章十五）

「天使對我說，『你為什麼希奇呢？我要將這女人和馱著他的那七頭十角獸的奧祕告訴你。你所看見的獸，先前有，如今沒有；將要從無底坑裡上來，又要歸於沉淪。……』」（《啟示錄》第十七章七至八）

這幾節都不是用了純粹的說部的白話可以譯得好的，現在能夠譯成這樣信達的文章，實在已經很不容易了。還有一件，

聖書與中國文學

是標點符號的應用：人地名的單複線，句讀的尖點圓點及小圈，在中國總算是原有的東西；引證話前後的雙鉤的引號，申明話前後的括弓的解號，都是新加入的記號。至於字旁小點的用法，那便更可佩服；他的用處據聖書的凡例上說，「是指明原文沒有此字，必須加上才清楚，這都是要叫原文的意思更顯明。」我們譯書的時候，原不必同經典考釋的那樣的嚴密，使藝術的自由發展太受拘束，但是不可沒有這樣的慎重誠實的精神；在這一點上，我們可以從聖書譯本得到一個極大的教訓。我記得從前有人反對新文學，說這些文章並不能算新，因為都是從《馬太福音》出來的；當時覺得他的話很是可笑，現在想起來反要佩服他的先覺：《馬太福音》的確是中國最早的歐化的文學的國語，我又豫計他與中國新文學的前途有極大極深的關係。

　　以上將我對於聖書與中國文學的意見，約略一說。實在據理講來，凡有各國的思想在中國都應該介紹研究，與希伯來對立的希臘思想，與中國關係極深的印度思想等，尤為重要；現在因為有聖書譯本的一層關係，所以我先將他提出來講，希望引起研究的興味，並不是因為看輕別種的思想。中國舊思想的弊病，在於有一個固定的中心，所以文化不能自由的發展；現在我們用了多種表面不同而於人生都是必要的思想，調劑下去，或可以得到一箇中和的結果。希伯來思想與文藝，便是這多種思想中間，我們所期望的一種主要堅實的改造的勢力。

一九二〇年

中國戲劇的三條路

我於戲劇純粹是門外漢，在著作排演這一方面完全地沒有一點知識，不能有所議論，現在所說的，只是囫圇地一講我所見到的中國戲劇現在可以走的三個方向罷了。

中國現在提倡新劇，那原是很好的事。但因此便說舊劇就會消滅，未免過於早計；提倡新劇的人，倘若對於舊劇存著一種「可取而代」的慾望，又將使新劇俗化，本身事業跟了社會心理而墮落。我的意見，則以為新劇當興而舊劇也絕不會亡的，正當的辦法是「分道揚鑣」的做去，用不著互相爭執，反正這兩者不是能夠互相吞併，或可以互相調和了事的。我所說的三條路即為解決這個問題而設，現在先講方法，隨後再說明理由。這三條路是：

一　純粹新劇　為少數有藝術趣味的人而設。

二　純粹舊劇　為少數研究家而設。

三　改良舊劇　為大多數觀眾而設。

第一種純粹新劇，當用小劇場辦法，由有志者組織團體，自作自譯自演自看，唯會員才得觀覽，並不公開。完全擺脫傳統，蔑視社會心理，一切以自己的趣味為斷，不受別的牽制。

中國戲劇的三條路

這種戲劇應該有兩樣特點,與別種演劇不同,便是非營業的,非教訓的。這全然為有藝術趣味的少數而設,而且也不妨以其中的某種趣味為集合點,組成精選的小團體,將來同類的團體增多,可以互相提攜,卻不必歸併以雄厚勢力。因為我相信這總是少數人的事,即使政黨似的併成大黨,大吹大擂的宣傳,其結果還是差不多,未見得就會招徠到多數;還有一層,這種藝術團體多是趣味的結合,所以最多興趣,但因此也不容易維持大的聯合。這個運動如見成功,小劇場可以隨處皆有,戲劇文學非常發達,但是享受者總限於少數,新的藝術絕不能克服群眾,這是永遠的事實,只應承認而不必悲觀的。小劇場的辦法自有專家高明的意見,我不能妄參末議,現在不過說明這是中國戲劇的第一條路罷了。

第二種純粹舊劇,完全儲存舊式,以供學者之研究。這也應用小劇場,也不公開,只附屬於一種學問藝術的機關,隨時開演,唯研究文化的學者,藝術家,或證明受過人文教育的人們,才有參觀的權利。在這樣狀況之下,舊戲的各面相可以完全呈現,不但「臉譜」不應廢止,便是裝「」與「摔殼子」之類也當存在,甚至於我於光緒朝末年在北京戲臺上所見的 Masturbado de la virgino 的扮演似亦不妨保留,以見真相。中國舊劇有長遠的歷史,不是一夜急就的東西,其中存著民族思想的反影,很足供大家的探討;有許多醜惡的科白,卻也當有不少地方具特別的藝術味,留東方古劇之一點餘韻,因此這儲存事業也是當

然的事。但是，雖說為學術之故犧牲所不當惜，現在的犧牲似乎太大一點了，摔殼子的確有性命之憂，學蹻亦是一種苦工，其苦幾乎近於私刑。這兩種「技藝」，當然應該廢除，而廢除之後又不免使舊劇減色一半，殊無兩全之法。所以要實行這項辦法，於此點上尚須加以考慮。總之我所能確說者，是中國舊劇如完全儲存，只當為少數有看這戲的資格的人而設，絕不能公諸大眾，——他們當另有第三種戲劇在那裡。

　　第三種改良舊劇，即為大眾而設，以舊劇為本，加以消極的改良，與普通所謂改良戲不同。平常說到改良，大抵要積極的去變更，其結果往往弄的不新不舊，了無趣味，或者還要加上教訓的意思，更是無謂。現有的改良只是一種淘汰作用，把舊劇中太不合理不美觀的地方改去，其餘還是保留固有的精神，並設法使他調和，不但不去毀壞他，有些地方或者還當復舊才行。四五年前我很反對舊劇，以為應該禁止，近來仔細想過，知道這種理想永不能與事實一致，才想到改良舊劇的辦法，（其實便是這個能否見諸事實，也還是疑問。）去年夏天我遇見日本的辻聽花先生，他在中國二十餘年，精通舊劇，我說起這個問題，問他的意見，他的答語也是如此。他說舊劇變成現在的情形，自有其原因，現在要人為地使它變為別的東西，即使能夠做到，同時也一定把他弄死了。他便只是這一副嘴臉，在這範圍之內可以加點改革，例如新排合理的指令碼（唱做一切照舊），或潤色舊指令碼，刪改不通文句與荒謬思想。做法臺步都

不必改,劇場也須用四方的,不用半圓,背景也不必有;幕也可以不要,只須於兩出中間略加停頓便好。赤背的人在臺上走來走去應當廢止,後場應坐在臺後或側面,最好穿一種規定的服裝,或可參考唐代樂人服色制定,以暗色為宜。聽花先生是北京劇評壇的一個重要人物,他的這種公平的意見是很值得傾聽的。

我於戲劇別無研究,只就個人思索的結果,認定中國舊劇(一)是古劇,(二)是民眾劇,所以也得到這樣的結論。那些古風的暗示做法,我覺得並無改變的必要;掛一副粗俗的園亭畫作背景,牽一匹活馬上臺,當然為群眾所歡迎,但這只是更使戲劇俗化了,別無一點好處。又為民眾的觀覽計,這種戲劇在城市中固然不妨用劇場制度,但是重要的還是在鄉村,在那裡應該仍舊於廟社或田野搭蓋舞台開演,不但景地配合,自有情趣,亦正與民間生活適合。中國樂裡的金革之音,本來只可用於軍旅祭祀,演劇上未免太是喧囂,但倘若在空曠地方,祠廟或田野間的戲臺上,也就沒有什麼煩擾:從前在紹興的時候,坐船過水鄉,遠聞鑼鼓聲,望見紅綠衣的人物在臺上憧憧往來,未常不是愉快的事;又或泊舟臺側看夜戲,要看便看,不要看時便可歸艙高臥,或在篷底看書,臺下的人亦隨意去留,至今回想還覺得一種特殊的風趣。

依照田家的習慣,演劇不僅是娛樂,還是一種禮節,一年生活上的轉點;他們的光陰與錢財不容許他們去進劇場,但一

年一次以上的演戲於他們的生活上是不可少的。以前我也贊成官廳的禁止迎會演戲，但現在覺悟這種眼光太狹窄，辦法也太暴虐了。有一個故鄉海濱的農人曾對我說，「現在衙門不准鄉間做戲，那麼我們從那裡去聽前朝的老話呢？」（這就是說，從何處去得歷史知識。）這是客氣一點的話，老實的說，當雲「從那裡得人生的悅樂呢」？禁止他們的《水滿金山》與《秋胡戲妻》而勒令看蕭伯納易卜生，也不能說是合於情理的辦法，因為這是不能滿足他們的欲求的。所以在上邊所說的限制之下，應該儘量地發展農村的舊劇，同時並提倡改良的迎會（Pageant），以增進地方的娛樂與文化。這個實行方法當然是頗繁難，我也別無什麼好計，當俟日後大家的商酌。我的籠統的結論只是舊劇是民眾需要的戲劇，我們不能使他滅亡，只應加以改良而使其興盛。

我相信中國戲劇現在有以上的三條路可走，他的作用一是藝術的，二是學術的，三是社會的。三者之中，第二第三是社會的事業，須有系統的大規模的組織才行，現在的中國或者還談不到，此刻所能說的實在只是那第一種，因為這是私人組織，只要有人便可進行了。

至於我這樣主張的理由是很簡單的，我相信趣味不會平等，藝術不能統一，使新劇去迎合群眾與使舊劇來附和新潮，都是致命的方劑，走不通的死路。我們平常不承認什麼正宗或統一，但是無形中總不免還有這樣思想。近來講到文藝，必定反對貴

中國戲劇的三條路

族的而提倡平民的,便是一個明證。離開了政治經濟等實際的不平等而言,用在精神方面,這兩個字可以有幾樣意思,不容易隨便指定優劣:我們可以稱文學上超越地求勝的思想為貴族的,平凡地求活的思想為平民的,也可以說自己創造的為平民的而求他人供奉的為貴族的文學。現在如必要指定一派為正宗,只承認知識階級有這特權,固然不很妥當,但一切以老百姓為標準,思想非老百姓所懂者不用,言語非老百姓所說者不寫,那也未免太偏一點了。將來無論社會怎樣變更,現出最理想的世界,其時一切均可以平等而各人的趣味絕不會平等,一切均可以自由而各人的性情絕不能自由;有這個不幸(或者是幸)的事實在那裡,藝術的統一終於不可期,到底只好跳出烏托邦的夢境,回到現實來做自己的一部分的工作。有人喜歡王爾德,有人喜歡梅德林克,更有許多人喜歡《狸貓換太子》,以及《張欣生》!!我們沒有宗教家那樣的堅信,以為自己的正信必然可以說服全世界的異端,我們實在只是很怯弱地承認感化別人幾乎是近於不可能的奇蹟,最好還是各走各的,任其不統一的自然,這是唯一可行的路。現在的傾向,新劇想與舊的接近,舊劇想與新的接近,結果是兩敗俱傷,因為這其間有很大的一個距離,不是跳得過去的;《新村正》一流的新劇,雖然我們不好把他同《張欣生》之類相提並論,但我總覺得於新舊劇兩方面的發達上至少是沒有價值的。有人相信民眾會得了解藝術作品,例如英國觀眾之於莎士比亞,我們不知道海外的情形,

卻要武斷一句，這大抵只是一種因襲的崇拜，正如托爾斯泰所說民眾的了解荷馬一樣，給西蒙士替他證明實在全不是這一回事。從事於戲劇運動的朋友們，請承受了這灰色的現實，隨後奮勇地認定了自己的路走上前去，願為自己或為民眾，都有正當的路可走，只千萬不要想兼得二者，這是最要緊的事。

我於演劇既然沒有研究，上邊所說的辦法或者過於空想，有點不切事情，也不可知，但總足以表示我現在的意見，就請讀者照這個意思去一看罷。

一九二四年

■ 中國戲劇的三條路

國語改造的意見

我於國語學不曾有什麼研究,現在只就個人感想所及,關於國語改造的問題略略陳述我的意見。我的意見大略可以分作下列三項:

一,國語問題之解決;

二,國語改造之必要;

三,改造之方法。

國語問題現在可以算是已經解決了,本來用不著再有什麼討論,但是大家贊成推行國語,卻各有不同的理想,有的主張國語神聖,有的想以注音字母為過渡,換用羅馬字拼音,隨後再改別種言語。後者這種運動的起源還在十五六年以前,那時吳稚暉先生在巴黎發刊《新世紀》,在那上邊提倡廢去漢字改用萬國新語(即現在所謂世界語的 Esperanto),章太炎先生在東京辦《民報》便竭力反對他,做了一篇很長的駁文,登在《民報》上,又印成單行的小冊子分散;文中反對以世界語替代漢語,卻贊成中國採用字母以便誦習,擬造五十八個字母附在後邊,這便是現在的注音字母的始祖了。當時我們對於章先生的言論完全信服,覺得改變國語非但是不可能,實在是不應當的;過

國語改造的意見

了十年，思想卻又變更，以世界語為國語的問題重又興盛，錢玄同先生在《新青年》上發表意見之後，一時引起許多爭論，大家大約還都記得。但是到了近年再經思考，終於得到結論，覺得改變言語畢竟是不可能的事，國民要充分的表現自己的感情思想終以自己的國語為最適宜的工具。

總結起來，光緒末年的主張是革命的復古思想的影響，民國六年的主張是洪憲及復闢事件的反動，現在的意見或者才是自己的真正的判斷了。我現在仍然看重世界語，但只希望用他作為第二國語，至於第一國語仍然只能用那運命指定的或好或歹的祖遺的言語；我們對於他可以在可能的範圍內加以修改或擴充，但根本上不能有所更張。埃及人之用阿拉伯語，滿洲人之用漢語，實際上未嘗沒有改變國語的例，但他們自有特殊的情況，更加以長遠的時間，才造成這個結果，倘若在平常的時地想人為的求成功，當然是不能達到的。一民族之運用其國語以表現情思，不僅是文字上的便利，還有思想上的便利更為重要：我們不但以漢語說話作文，並且以漢語思想，所以便用這言語去發表這思想，較為自然而且充分。

至於言語的職分本來在乎自然而且充分的表現思想，能夠如此，就可以說是適用了。但是我並不因此而贊成國語神聖的主張，我覺得我們雖然多少受著歷史的遺傳的束縛，但國語到底是我們國民利用的工具，不是崇拜的偶像。我所以為重要的並不是說民族系統上的固有國語，乃是指現在通行活用，在國民

的想法語法上有遺傳的影響者，所以漢語固然是漢族的國語，也一樣的是滿族的國語，因為他們採用了一二百年，早已具備了國語的種種條件與便利，不必再去復興滿語為國語了。使已死的古語復活，正如想改用別國語一樣的困難而且不自然。倘以國語為神聖，便容易傾向於崇古或民族主義，一方面對於現在也多取保守的態度，難於改革以求適用。因此我承認現在通用的漢語是國民適用的唯一的國語，但欲求其能副這個重大的責任，同時須有改造的必要。

　　中國以前用古文，這也是國語，不過是古人的言語，現在沒有人說的罷了。思想自思想，文字自文字，寫出來的時候中間須經過一道轉譯的手續，因此不能把想要說的話直捷的恰好的達出，這是文言的一個致命傷。文言因為不是活用著的言語，單靠古人的幾篇作品做模範，所以成為一套印板似的格式，作文的人將思想去就文章，不能用文章去就思想，從前傳說有許多科甲出身的人不能寫一封通暢的家信，的確並不是笑話，便是查考現在學校的國文成績也差不多都是如此。改用國語教授當然可以沒有這個弊病了，但是現在的簡單的國語，就已足用，能應表現複雜微密的思想之需要了嗎？這是一個疑問。目下關於國語的標準問題，大家頗有爭論，京音國音之爭大約已可解決，但是國語的本身問題卻還未確定；有的主張以明清小說的文章為主，有的主張以現代民間的言語為主：這兩說雖然也有理由，卻都不免稍偏於保守，太貪圖容易了。

國語改造的意見

　　明清小說裡原有好的文學作品，而且又是國語運動以前的國語著作，特別覺得有價值，然而他們畢竟只是我們所需要的國語的數據，不能作為標準。區區二三百年的時日，未必便是通行的障礙，其最大的缺點卻在於文體的單調。大家都知道文章的形式與內容是極有關係的，韻文與散文的界限無論如何變換，抒情的詩與敘事的賦這兩種性質總是很明顯的，在外形上也就有這分別。明清小說專是敘事的，即使在這一方面有了完全的成就，也還不能包括全體；我們於敘事以外還需要抒情與說理的文字，這便非是明清小說所能供給的了。其次，現代民間的言語當然是國語的基本，但也不能就此滿足，必須更加以改造，才能適應現代的要求。常見有許多人反對現在的白話文，以為過於高深複雜，不過「之」改為「的」，「乎」改為「嗎」，民眾仍舊不能了解。現在的白話文誠然是不能滿足，但其缺點乃是在於還未完善，還欠高深複雜，而並非過於高深複雜。我們對於國語的希望，是在他的能力範圍內，儘量的使他化為高深複雜，足以表現一切高上精微的感情與思想，作藝術學問的工具，一方面再依這個標準去教育，使最大多數的國民能夠理解及運用這國語，作他們各自相當的事業。或者以為提倡國語乃是專在普及而不在提高，是準了現在大多數的民眾智識的程度去定國語的形式的內容，正如光緒中間的所謂白話運動一樣，那未免是大錯了。

　　那時的白話運動是主張知識階級仍用古文，專以白話供給

不懂古文的民眾；現在的國語運動卻主張國民全體都用國語，因為國語的作用並不限於供給民眾以淺近的教訓與知識，還要以此為建設文化之用，當然非求完備不可，不能因陋就簡的即為滿足了。我們絕不看輕民間的言語，以為粗俗，但是言詞貧弱，組織單純，不能敘複雜的事實，抒微妙的情思，這是無可諱言的。民間的歌謠自有其特殊的價值，但這缺點也仍是顯著，我曾在《中國民歌的價值》（見《學藝》第二卷）一篇短文裡說過，「久被蔑視的俗語，未經文藝上的運用，便缺乏細膩的表現力，以致變成那種幼稚的文體，而且將意思也連累了。……所以我要說明，中國情歌的壞處，大半由於文詞的關係。」民間的俗語，正如明清小說的白話一樣，是現代國語的數據，是其分子而非全體。現代國語須是合古今中外的分子融和而成的一種中國語。

想建設這種現代的國語，須得就通用的普通語上加以改造，大約有這幾個重要的專案，可以注意。

一，採納古語。現在的普通語雖然暫時可以勉強應用，但實際上言詞還是很感缺乏，非竭力的使他豐富起來不可。這個補充方法雖有數端，第一條便是採納古語。無理的使不必要的古語復活，常會變成笑柄，如希臘本了革命的復古精神，驅逐外來語，以古文字代之，以至雅俗語重複存在，反為不便，學生在家吃麵包（Psōmion）而在學校須讀作別物（Artos 系古文）。但這是俗語已有而又加入古語，以致重出，倘若俗語本缺而以

國語改造的意見

古語補充,便沒有什麼問題了。中國白話中所缺的大約不是名詞等,乃是形容詞助動詞一類以及助詞虛字,如寂寞,朦朧,蘊藉,幼稚等字都缺少適當的俗語,便應直截的採用;然而,至於,關於,況且,豈不,而等字,平常在「斯文」人口裡也已用慣,本來不成問題,此外「之」字替代「的」字以示區別,「者」替代作名詞用的「的」字,「也」字用在註解裡,都可以用的。總之只要是必要,而沒有簡單的復古的意義,便不妨儘量的用進去,即使因此在表面上國語與民間的俗語之距離愈益增加,也不足為意,因為目下求國語豐富適用是第一義,只要能夠如此,日後國語教育普及,這個距離自然會縮短而至於無,補充的古語都化為通行的新熟語,更分不出區別來了。但是我雖不贊成古今語的重出,對於通行的同意語,卻以為應當聽其並存,不必強為統一,譬如疾病,毛病,病痛這三個字,意義雖然一樣,其色度略有差異,足以供行文時的選擇;不過這也只以通行者為限,若從字典疒部裡再去取出許多不認得的同意語來,那又是好古太過,不足為訓的了。

　　二,採納方言。有許多名物動作等言詞,在普通白話中不完備而方言裡獨具者,應該一律收入,但也當以必要為限。國語中本有此語,唯方言特具有歷史的或文藝的意味的,亦可以收錄於字典中,以備查考或選用,此外不必過於博採,只聽其流行於一地方就是了。方言裡的熟語頗有言簡意賅的,如江南的「像煞有介事」,早已有人用進文章裡去,或者主張正式的錄為國

語，這固然沒有什麼不可，不過注音上略為困難，因為用國音讀便不成話，大抵只能仍用原音注讀才行。至於這些熟語的運用，當然極應注意，正如古奧的故典一般，必須用得恰好，才發生正當的效力，不然反容易毀壞文章的全體風格，在初學者尤非謹慎不可。

三，採納新名詞，及語法的嚴密化。新名詞的增加在中國本是歷來常有的事，如唐以前的佛教，清末的歐化都輸入許多新名詞到中國語裡來，現在只須繼續進行，創造未曾有過的新語，一面對於舊有的略加以釐訂，因為有許多未免太拙笨單調了，應當改良才好。譬如石油普通稱作洋油，似不如改稱煤油或石油，洋燈也可以改作石油燈，洋火改作火柴，定為國語，舊稱不妨聽其以方言的資格而存在。中國以前定名多過於草率，往往用一「洋」字去籠罩一切，毫無創造的新味，日常或者可以勉強應用，在統一的文學的國語上便不適宜了。此外藝術學問上的言詞，盡了需要可以儘量的採納，當初各任自由的使用，隨後酌量收錄二三個同意語，以便選擇，不必取統一的方針。

但是最重要的還是在於語法的嚴密化，因為沒有這一個改革，那上邊三層辦法的效果還是極微，或者是直等於零的。這件事普通稱作國語的歐化問題，近年來頗引起一部分人的討論，雖然不能得到具體的結論，但大抵都已感到這個運動的必要，不過細目上還有多少應該討論的地方罷了。因為歐化這兩個字容易引起誤會，所以常有反對的論調，其實系統不同的言

■ 國語改造的意見

語本來絕不能同化的,現在所謂歐化實際上不過是根據國語的性質,使語法組織趨於嚴密,意思益以明瞭而確切,適於實用。中國語沒有語尾變化,有許多結構當然不能與曲折語系的歐文相同,但是根柢上的文法原則總是一樣,沒有東西之分。我們所主張者就是在這一點上。國語大體上頗有與英文相似之處,品詞解說不很重要,其最要緊的事件卻在詞句之分析,審定各個的地位與相互的關係,這在閱讀或寫作時都是必要,否則只能籠統的得一個大意,沒有深切顯明的印象。普通有許多新文章,其中尤以翻譯為甚,羅列著許多字樣,表面上成為一句文句,而細加尋繹,不能理會其中的意思。這大約可以尋出兩個理由來,其一是無文法的雜亂,其二是過於文法的雜亂;一是荒棄文法,以致詞不達意,一是拘泥文法,便是濫用外國的習慣程式,以致除國語能力以外,等於無意義,這種過與不及的辦法都是很應糾正的。我們的理想是在國語能力的範圍內,以現代語為主,採納古代的以及外國的分子,使他豐富柔軟,能夠表現大概感情思想,至於現在已不通用的古代句法如「未之有也」,或直抄的外國式句法如「我不如想明從意念中」(見詩集《紅薔薇》),都不應加入。如能這樣的做去,國語漸益豐美,語法也益精密,庶幾可以適應現代的要求了。

關於實行的辦法,我想應當分三方面去進行,這本來略有先後,但在現今也不妨同時並進,各自去做。

一,從國語學家方面,編著完備的語法修辭學與字典。字

典應打破舊例，以詞為單位，又須包含兩部，甲以漢字分部，從文字去求音訓，乙以注音字母分部，從音去求字訓。這種事業最好是由「國語統一籌備會」等機關去擔任，不過編纂及印刷的經費也是一種問題；目下不能希望有完成大著出現，但是這方面創始的工作實是刻不容緩了。

二，從文學家方面，獨立的開拓，使國語因文藝的運用而漸臻完善，足供語法字典的數據，且因此而國語的價值與勢力也始能增重。此外文藝學術的研究評論之文，無論著譯，亦於國語發達大有幫助，因為語法之應如何歐化，如何始適於表現這些高深的事理，都須經過試驗才有標準，否則不曾知道此中甘苦，隨意的贊成或反對，無一是處。

三，從教育家方面，實際的在中小學建立國語的基本。我的意見以為國語教育的目的，當在使學生人人能以國語自由的表現自己的意思，能懂普通古文，看古代的書。小學以國語為主，中學可以並進，不應偏於一面。國語學得很好，而古文一點不懂的人，現在還未曾見過，但是念形式的古文而不懂古書的意義，寫形式的古文而不能抒自己的胸臆的人，在中學畢業生中卻是多有，據升學試驗的約略的統計，總有百分之八十。這便是以前偏重古文的流弊，至今還未能除去，所以國語教育的工具與材料現在雖然還未足用，但是治標的一種改革卻也是必要了。以前的教國文是道德教育的一種變相，所教給學生的東西是綱常名分，不是語言文字，現在應當大加改變，認定國

國語改造的意見

語教育只是國語教育,所教給學生的是怎樣表現自己的和理解別人的意思,這是唯一的目的,其餘的好處都是附屬的。在國語字典和語法還沒有一部出版的今日,教育家的困難是可以想見的,但是正因為是青黃不接的時代,教育家的責任也更為重大,不得不勉為其難,兼做國語學家一部分的事業,一面直接應用在教育上,一面也就間接的幫助國語改造的早日完成了。

我於國語學不是專門研究,所以現在所說的很是粗淺,只是供獻個人的意見罷了。我對於國語的各方面問題的意見,是以「便利」為一切的根據。為便利計,國民應當用現代國語表現自己的意思,凡復興古文或改用外國語等的計畫都是不行的,這些計畫如用強迫也未始不可實現,但我覺得沒有這個必要,因為成效還很可疑,犧牲卻是過大了。為便利計,現在中國需要一種國語,盡他能力的範圍內,容納古今中外的分子,成為言詞充足,語法精密的言文,可以應現代的實用。總之我們只求實際上的便利,一切的方法都從這一點出來,此外別無什麼理論的限制。照理想說來,我們也希望世界大同,有今天下書同文的一天,但老實說這原來只是理想,若在事實上則統一的萬國語之下必然自有各系的國語,正如統一的國語之下必然仍有各地的方言一樣;將來的解決方法,只須國民於方言以外必習國語,各國民於國語以外再習萬國語,理想便可達到,而於實行上也沒有什麼障礙,因為我相信普通的中國人於方言外學習國語,於國語外學習萬國語(或一種別的外國語),並不是什

麼難事。——不過這第一要是普通人,不是異常,多少低能的人,第二要合法的學習才好;這都是很重大的問題,要等候專門學者的研究與指示了。

一九二二年

國語改造的意見

國語文學談

　　近年來國語文學的呼聲很是熱鬧，就是國語文學史也曾見過兩冊，但國語文學到底是怎麼一回事我終於沒有能夠明瞭。國語文學自然是國語所寫的文學了，國語普通又多當作白話解，所以大家提起國語文學便聯想到白話文，凡非白話文即非國語文學，然而一方面界限仍不能劃得這樣嚴整，照尋常說法應該算是文言的東西裡邊也不少好文章，有點捨不得，於是硬把他拉過來，說他本來是白話；這樣一來，國語文學的界限實在弄得有點胡塗，令我覺得莫名其妙。據我的愚見這原是簡單不過的一件事，國語文學就是華語所寫的一切文章，上自典謨，下至灘簧，古如堯舜（姑且這樣說），今到郁達夫，都包括在內，他們的好壞優劣則是別一問題，須由批評家文學史家去另行估價決定。我相信所謂古文與白話文都是華語的一種文章語，並不是絕對地不同的東西：他們今昔的相互的關係彷彿與滿洲及中國間的關係相似。以前文言的皇帝專制，白話軍出來反抗，在交戰狀態時當然認他為敵，不惜用盡方法去攻擊他，但是後來皇帝倒了，民國成立，那廢帝的族類當然還他本來面目，成為五族之一，是國民的一部分，從前在檄文上稱我漢族光復舊物的人此刻也自然改變口氣，應稱我中華國民了。

國語文學談

　　五四前後,古文還坐著正統寶位的時候,我們的惡罵力攻都是對的,到了已經遜位列入齊民,如還是不承認他是華語文學的一分子,正如中華民國人民還說滿洲一族是別國人,承認那以前住在紫禁城裡的是他們的皇上,這未免有點錯誤了。我常說國語文學,只是漢文學的新名稱,包含所有以漢文寫出的文學連八股文試帖詩都在裡邊,因為他們實在是一種特別文體的代表作品,雖然文藝的價值自然沒有什麼。近來日本京大教授鈴木虎雄博士刊行一冊《支那文學研究》,除詩文戲曲小說之外還有八股文一編,專論這種文體,可謂先得我心,不過我還沒有見到這部書,不能確說他是如何說法的。

　　我相信古文與白話文都是漢文的一種文章語,他們的差異大部分是文體的,文字與文法只是小部分。中國現在還有好些人以為純用老百姓的白話可以作文,我不敢附和。我想一國裡當然只應有一種國語,但可以也是應當有兩種語體,一是口語,一是文章語,口語是普通說話用的,為一般人民所共喻;文章語是寫文章用的,須得有相當教養的人才能了解,這當然全以口語為基本,但是用字更豐富,組織更精密,使其適於表現複雜的思想感情之用,這在一般的日用口語是不勝任的。兩者的發達是平行並進,文章語雖含有不少的從古文或外來語轉來的文句,但根本的結構是跟著口語的發展而定,故能長保其生命與活力。雖然沒有確實的例證,我推想古文的發生也是如此,不過因為中途有人立下正宗的標準,一味以保守模擬為務,

於是亂了步驟，口語雖在活動前進，文章語卻歸於停頓，成為硬冷的化石了。所以講國語文學的人不能對於古文有所歧視，因為他是古代的文章語，是現代文章語的先人，雖然中間世系有點斷缺了，這個系屬與趨勢總還是暗地裡接續著，白話文學的流派絕不是與古文對抗從別個源頭發生出來的。我們看見有許多民間文學的存在，但這實是原始文學的遺留與復活，講到系統乃是一切文學的長輩，並不是如大家所想的那樣是為革貴族文學之命而蹶起的群眾。我們要表現自己的意思，所以必當棄模擬古文而用獨創的白話，但同時也不能不承認這個事實，把古文請進國語文學裡來，改正以前關於國語文學的謬誤觀念。

我們承認了古文在國語文學裡的地位，這只是當然的待遇，並不一定有什麼推重他的意思，古文作品中之缺少很有價值的東西已是一件不可動移的事實。其理由可以有種種不同的說法，但我相信這未必是由於古文是死的，是貴族的文學。我們翻開字典來看，上面的確有許多不但不懂他的意義連音都讀不出的古字，這些確是死字廢語了，但古文卻並不是專用這種字湊成的，他們所用的字有十之八九是很普通，在白話中也是常用的字面，你說他死，他實在是還活著的，不過經作者特別這麼的一安排，成功了一個異樣的形式罷了。或者有人說所謂死的就是那形式──文體，但是同一形式的東西也不是沒有好的，有些東西很為大家所愛，這樣捨不得地愛，至於硬說他是古白話，收入（狹義的）國語文學史裡去了。那麼這種文體也似

乎還有一口氣。至於說貴族與平民,只在社會制度上才有好壞之可言,若思想精神上之貴族的與平民的,完全是別一回事,不能這樣簡單地一句話來斷定他的優劣。我在這裡又有一個愚見,覺得要說明古文之所以缺乏文學價值,應當從別一方面著眼,這便是古文的模擬的毛病。

大家知道文學的重要目的是在表現自己的思想感情,各人的思想感情各自不同,自不得不用獨特的文體與方法,曲折寫出,使與其所蘊懷者近似,而古文則重在模擬,這便是文學的致命傷,儘夠使作者的勞力歸於空虛了。模擬本來並非絕對不行的事,在初學者第一步自然是隻好模擬,但應當及時停止,去自闢塗徑才行,正如小兒學語,句句都是模仿大人的話,等到大略知道,便能自由運用,聯合若干習得的文句,組成一句新鮮獨立的話,表示自己的意思,倘若到了少年,還是一味仿效老太爺的口氣,如八哥學舌一般,那就是十足的低能兒,大家都要笑他了。你或者要問,既然如此,作不模擬的古文豈不就好了嗎?這自然是對的。但我不知道有沒有這樣的古文,倘若你能創造出一種新古文體出來,那麼也大可以做,不過至少我自己實在沒有這樣自信,還只是做做我的白話文罷。

上文所說的古文的毛病如若是不錯的,我還有一句話想警告做白話文的朋友們。請諸位緊防模擬。模擬這個微生物是不僅長在古文裡面的,他也會傳染到白話文上去。白話文的生命是在獨創,並不在他是活的或平民的,一傳染上模擬病也就沒

了他的命了。模仿杜子美或胡適之,模仿柳子厚或徐志摩,都是一樣的毛病。近來新文學界發生了這種病沒有,我不知道,只由於一片老婆心,姑預先警告一聲罷咧。

我洗手學為善士,不談文學,摘下招牌,已二年於茲矣。伏園囑我為紀念增刊作文,豫約已閱月餘,終於想不出題材,不得已攘臂下車,寫了這一篇,既可笑矣,而所說的話又都只是極平凡的常談,更無謂了:伏園讀之得無亦將立而「笑我」乎?

一九十四年,基督生日

■ 國語文學談

文學上的俄國與中國

一九二〇年十一月在北京師範學校及協和醫學校所講

今天講的這個題目,看去似太廣大,不是我的力量所能及。我的本意,只是想說明俄國文學的背景有許多與中國相似,所以他的文學發達情形與思想的內容在中國也最可以注意研究。本來人類的思想是共通的,分不出什麼遠近輕重,但遺傳與環境的影響也是事實,大同之中便不免有小異,一時代一民族的文學都有他們特殊的色彩,就是這個緣故。俄國在十九世紀,同別國一樣的受著歐洲文藝思想的潮流,只因有特別的背景在那裡,自然的造成了一種無派別的人生的文學。但我們要注意,這並不是將「特別國情」做權衡來容納新思想,乃是將新思潮來批判這特別國情,來表現或是解釋他,所以這結果是一種獨創的文學,富有俄國特殊的色彩,而其精神卻仍與歐洲現代的文學一致。

俄國的文學,在十八世紀方才發生。以前有很豐富的歌謠彈詞,但只是民間口頭傳說,不曾見諸文字。大彼得改革字母以後,國語正式成立,洛摩諾梭夫(Lomonosov)蘇馬羅科夫(Sumarokov)等詩人出來,模仿德法的古典派的作品;到加德林二世的時候,俄國運動改造的學會逐漸發生,卡拉姆

津（Karamzin）等感傷派的小說，也加入農奴問題的討論了。十九世紀中間，歐洲文藝經過了傳奇派與寫實派兩種變化，拜倫（Byron）與莫泊桑（Maupassant）可以算是兩邊的代表。但俄國這一百年間的文學，卻是一貫的，只有各期的社會情狀反映在思想裡，使他略現出差別來，並不成為派別上的問題。十九世紀的俄國正是光明與黑暗衝突的時期，改革與反動互動的進行，直到羅馬諾夫朝的顛覆為止。在這時期裡，一切的新思想映在這樣的背景上，自然的都染著同樣的彩色，譬如傳奇時代拜倫的自由與反抗的呼聲，固然很是適合，個人的不平卻變了義憤了；寫實時代莫泊桑的科學的描寫法，也很適於表現人生的實相，但那絕對客觀的冷淡反變為主觀的解釋了。俄國近代的文學，可以稱作理想的寫實派的文學；文學的本領原來在於表現及解釋人生，在這一點上俄國的文學可以不愧稱為真的文學了。

這一世紀裡的文學，可以依了政治的變遷分作四個時期。第一期自一八〇一至四八年，可以稱作黎明期。一八二五年十二月黨失敗以後，不免發生一種反動，少年的人雖有才力，在政治及社會上沒有活動的地方，又因農奴制度的影響，經濟上也不必勞心，便養成一種放恣為我的人，普希金（Pushkin）的葉甫蓋尼・奧涅金（Evgeni Oniegin）萊蒙托夫（Lermontov）的《現代的英雄》裡的沛曲林（Petshorin），就是這一流人的代表，也是社會的惡的具體化。一方面官僚政治的積病與斯拉夫

人的惰性，也在果戈里（Gogol）的著作裡暴露出來。一八四八年歐洲革命又起，俄國政府起了恐慌，厲行專制，至尼古拉一世死的那一年（一八五五）止，這是第二期，稱作反動期。尼古拉一世時代的書報檢查，本是有名嚴厲的，到了此刻卻更加了一倍，又興了許多文字獄，一八四九年的彼得拉舍夫斯基（Petrashevski）黨人案件最是有名；他們所主張的解放農奴，改良裁判法，寬緩檢查這三條件，後來亞力山大維新的時候都實行了，在這時代卻說他是擾亂治安，定了重刑。

　　這八年間，文學上差不多沒有什麼成績。一八五五至八一年是亞力山大二世在位的時代，政治較為開明，所以文學上是發達期，這是第三期。其中又可以分作三段，第一段自五五至六一年，思想言論比較的可以自由了，但是遺傳的惰性與迫壓的餘力，還是存在，所以有理想而不能實行，屠蓋涅夫（Turgenev）的《路丁》（*Dmitri Rudin*）岡伽洛夫（Gontcharov）的《阿勃洛摩夫》（*Oblomov*），都是寫這個情形的。自六一至七〇年頃是第二段，唯心論已為唯物論所壓倒，理想的社會主義之後也變為科學的社會主義了，所謂虛無主義就在此時發生，屠蓋涅夫的《父與子》裡的巴察洛夫（Bazarov）可以算是這派的一個代表。虛無主義實在只是科學的態度，對於無徵不信的世俗的宗教法律道德雖然一律不承認，但科學與合於科學的試驗的一切，仍是承認的，這不但並非世俗所謂虛無黨，據克魯泡特金說：世間本無這樣的一件東西。而且也與東方講虛無的不同。

文學上的俄國與中國

陀思妥耶夫斯基（Dostojevski）做的《罪與罰》，本想攻擊這派思想，目的未能達到，卻在別方面上成了一部偉大的書。第三段自七〇至八一年，在社會改造上，多數的智識階級覺得自上而下的運動終是事倍功半的，於是起了「往民間去」（V Narod）的運動，在文學上民情派（Narodnitshestvo）的勢力也便發展起來。以前描寫農民生活的文學，多寫他們的悲哀痛苦，證明農奴也有人性，引起人的同情；到六一年農奴解放以後，這類著作可以無須了。於是轉去描寫他們全體的生活，因為這時候覺得俄國改造的希望全在農民身上，所以十分尊重，但因此不免有過於理想化的地方。同時利他主義的著作也很是發達，陀思妥耶夫斯基，托爾斯泰（Tolstoi）伽爾洵（Garshin）科羅連珂（Korolenko）鄔斯本斯奇（Uspenski）等，都是這時候的文人。亞力山大二世的有始無終的改革終於不能滿足國民的希望遂有一八八一年的暗殺；亞力山大三世即位，聽了坡畢陀諾斯垂夫（Pobiedonostsev）的政策，極力迫壓，直到革命成功為止，是俄國文學的第四期，可以稱作第二反動期。這時候的「灰色的人生」，可以在契訶夫（Tchekhov）與安特來夫（Andrejev）的著作中間歷歷的看出。一九〇五年革命失敗，國民的暴棄與絕望一時併發，阿爾支拔綏夫（Artsybashev）的沙寧（Sanin）便是這樣的一個人；這正是時代的產物，並非由於安特來夫的寫實主義過於頹喪的緣故，便是安特來夫的頹喪也是時代的反映，不是什麼主義能夠將他養成的。但一方面也仍有希望未來的人，契

訶夫晚年的戲曲很有這樣傾向；庫普林（Kuprin）以寫實著名，卻也並重理想，他的重要著作如《生命的河》及《決鬥》等都是這樣。戈里奇（Gorki）出身民間，是民情派的大家，但觀察更為真實，他的反抗的聲調，在這黑暗時期裡可算是一道引路的火光。最近的革命詩人洛普洵（Ropshin）在《灰色馬》裡寫出一個英雄，一半是死之天使，一半還是有熱的心肝的人，差不多已經表示革命的洪水到來了。

以上將俄國近代文學的情形約略一說，我們可以看出他的特色，是社會的，人生的。俄國的文藝批評家自別林斯奇（Bielinski）以至托爾斯泰，多是主張人生的藝術，固自很有關係，但使他們的主張能夠發生效力，還由於俄國社會的特別情形，供給他一個適當的背景。這便是俄國特殊的宗教政治與制度。基督教，君主專制，階級制度，當時的歐洲各國大抵也是如此。但俄國的要更進一層，希臘正教，東方式的君主，農奴制度，這是與別國不同的了。而且十九世紀後半，西歐各國都漸漸改造，有民主的傾向了，俄國卻正在反動劇烈的時候；有這一個社會的大問題不解決，其餘的事都無從說起，文藝思想之所以集中於這一點的緣故也就在此。在這一件事實上，中國的創造或研究新文學的人，可以得到一個大的教訓。中國的特別國情與西歐稍異，與俄國卻多相同的地方，所以我們相信中國將來的新興文學當然的又自然的也是社會的，人生的文學。

就表面上看來，我們固然可以速斷一句，說中俄兩國的文

文學上的俄國與中國

學有共通的趨勢，但因了這特別國情而發生的國民的精神，很有點不同，所以這其間便要有許多差異。第一在宗教上，俄國的希臘正教雖然迫壓思想很有害處，但那原始的基督教思想確也因此傳布的很廣，成為人道主義思想的一部分的根本。中國不曾得到同樣的益處，儒道兩派裡的略好的思想，都不曾存活在國民的心裡。第二政治上，俄國是階級政治，有權者多是貴族，勞農都是被治的階級，景況固然困苦，但因此思想也就免於統一的官僚化。中國早已沒有固定的階級，又自科舉行了以後，平民都有接近政權的機會，農夫的兒子固然可以一旦飛騰，位至卿相，可是官僚思想也非常普及了。第三地勢上，俄國是大陸的，人民也自然的有一種博大的精神，雖然看去也有像緩慢麻木的地方，但是那大平原一般的茫漠無際的氣象，確是可以尊重的。第二種大陸的精神的特色，是「世界的」。俄國從前以侵略著名，但是非戰的文學之多，還要推他為第一。所謂獸性的愛國主義，在俄國是極少數；那斯拉夫派的主張復古，雖然太過，所說俄國文化不以征服為基礎，卻是很真實的。第三種，氣候的劇變，也是大陸的特色，所以俄國的思想又是極端的。有人批評托爾斯泰，說他好像是一隻鷹，眼力很強，發見了一件東西，便一直奔去，再不回顧了。這個譬喻頗能說明俄國思想的特色，無抵抗主義與恐怖手段會在同時流行的緣故，也是為此。中國也是大陸的國，卻頗缺少這些精神，文學及社會的思想上，多講非戰，少說愛國，是確實的；但一面不能說

沒有排外的思想存在。妥協，調和，又是中國處世的態度，沒有什麼急遽的改變能夠發生。只是那博大的精神，或者未必全然沒有。第四是生活上，俄國人所過的是困苦的生活，所以文學裡自民歌以至詩文都含著一種陰暗悲哀的氣味。但這個結果並不使他們養成憎惡怨恨或降服的心思，卻只培養成了對於人類的愛與同情。他們也並非沒有反抗，但這反抗也正由於愛與同情，並不是因為個人的不平。俄國的文人都愛那些「被侮辱與損害的人」，因為——如安特來夫所說——「我們都是一樣的不幸」，陀思妥耶夫斯基，托爾斯泰，伽爾洵，科羅連珂，戈里奇，安特來夫都是如此，便是阿爾支拔綏夫與厭世的梭羅古勃（Sologub）也不能說是例外。俄國人的生活與文學差不多是合而為一，有一種崇高的悲劇的氣象，令人想起希臘的普洛美透斯（Prometheus）與耶穌的故事。中國的生活的苦痛，在文藝上只引起兩種影響，一是賞玩，一是怨恨。喜歡錶現殘酷的情景那種病理的傾向，在被迫害的國如俄國波蘭的文學中，原來也是常有的事；但中國的多是一種玩世的（Cynical）態度，這是民族衰老，習於苦痛的徵候。怨恨本不能絕對的說是不好，但概括的怨恨實在與文學的根本有衝突的地方。英國福勒忒（Follett）說，「藝術之所以可貴，因為他是一切驕傲偏見憎恨的否定，因為他是社會化的。」俄國文人努力在溼漉漉的抹布中間，尋出他的永久的人性；中國容易一筆抹殺，將兵或官僚認作特殊的族類，這樣的誇張的類型描寫，固然很受舊劇舊小說的影

響，但一方面也是由於思想狹隘與專制的緣故。第五，俄國文學上還有一種特色，便是富於自己譴責的精神。法國羅蘭在《超出戰爭之上》這部書裡，評論大日耳曼主義與俄國札爾主義的優劣，說還是俄國較好，因為他有許多文人攻擊本國的壞處，不像德國的強辯。自克利米亞戰爭以來，反映在文學裡的戰爭，幾乎沒有一次可以說是義戰。描寫國內社會情狀的，其目的也不單在陳列醜惡，多含有懺悔的性質，在息契特林（Shchedrin-Saltykov）托爾斯泰的著作中，這個特色很是明顯。在中國這自己譴責的精神似乎極為缺乏：寫社會的黑暗，好像攻訐別人的陰私，說自己的過去，又似乎炫耀好漢的行徑了。這個緣因大抵由於舊文人的習氣，以輕薄放誕為風流，流傳至今沒有改去，便變成這樣的情形了。

　　以上關於中俄兩國情形的比較，或者有人覺得其間說的太有高下，但這也是當然的事實。第一，中國還沒有新興文學，我們所看見的大抵是舊文學，其中的思想自然也多有乖謬的地方，要同俄國的新文學去並較，原是不可能的：這是一種的辯解。但第二層，我們要知道這些舊思想怎樣的會流傳，而且還生存著。造成這舊思想的原因等等，都在過去，我們可以不必說了。但在現代何以還生存著呢？我想這是因為國民已經老了，他的背上壓有幾千年歷史的重擔，這是與俄國的不同的第一要點。俄國好像是一個窮苦的少年，他所經過的許多患難，反養成他的堅忍與奮鬥，與對於光明的希望。中國是一個落魄的老人，他一生裡

飽受了人世的艱辛，到後來更沒有能夠享受幸福的精力餘留在他的身內，於是他不復相信也不情願將來會有幸福到來；而且覺得從前的苦痛還是他真實的唯一的所有，反比別的更可寶愛了。老的民族與老人，一樣的不能逃這自然的例。中國新興文學的前途，因此不免渺茫。……但我們總還是老民族裡的少年，我們還可以用個人的生力結聚起來反抗民族的氣運。因為系統上的生命雖然老了，個體上的生命還是新的，只要能夠設法增長他新的生力，未必沒有再造的希望。我們看世界古國如印度希臘等，都能從老樹的根株上長出新芽來，是一件可以樂觀的事。他們的文藝復興，大都由於新思想的激動，只看那些有名的作家多是受過新教育或留學外國的，便可知道。中國與他們正是事同一律，我們如能夠容納新思想，來表現及解釋特別國情，也可望新文學的發生，還可由藝術界而影響於實生活。只是第一要注意，我們對於特別的背景，是奈何他不得，並不是僥倖有這樣背景，以為可望生出俄國一樣的文學。社會的背景反映在文學裡面，因這文學的影響又同時的使這背景逐漸變化過去，這是我們所以尊重文學的緣故。倘使將特別國情看作國粹，想用文學來讚美或儲存他，那是老人懷舊的態度，只可當作民族的輓歌罷了。

■ 文學上的俄國與中國

歐洲古代文學上的婦女觀

一

歐洲文學的淵源,本有三支,一是希伯來思想,二是希臘思想,三是中古的傳奇思想。這三種潮流本來各自消長,不相一致,到了文藝復興時代(十五六世紀)方才會合起來,便成了近代歐洲文學的基本。我們現在所說,只是古代的情形,包含上古中古在內,那時這幾種潮流還未會合,所以我們也將他分作三節,把最顯著的幾點極簡單的說一說。

古代希伯來文學留傳在今日的,便是一部《舊約》。《舊約》本是猶太教及基督教的聖書,但經了歷史批評的研究,知道這一部聖書實在是國民文學的總集,裡邊有歷史法律哲學,有詩歌小說,並非單純的教典。本來宗教的著作都可以作抒情詩觀,各派的聖書也多是國民文學的總集,如中國的五經便是一例,不過《舊約》整理的最完全罷了。《舊約》裡關於婦女的記述,第一顯著的要算《創世記》中夏娃的故事。

「耶和華上帝就用那人身上所取的肋骨,造成一個女人,領他到那人跟前。那人說,這是我骨中的骨,肉中的肉,可以稱他為女人,因為他是從男人身上取出來的。因此,人要離開父

■ 歐洲古代文學上的婦女觀

母，與妻子連合，二人成為一體。」創第二章第二二至二四節

這用亞當肋骨造成的，便是最先的女人夏娃。後來她聽了蛇的誘惑，吃了智慧的果子，上帝將他們夫妻二人逐出伊甸樂園。

「耶和華上帝……又對女人說，我必多多加增你懷胎的苦楚，你生產兒女必多受苦楚；你必戀慕你丈夫，你丈夫必管轄你。又對亞當說，你既聽從妻子的話，吃了我所吩咐你不可吃的那樹上的果子，地必為你的緣故受咒詛，你必終身勞苦，才能從地裡得吃的。地必給你長出荊棘蒺藜來，你也要吃田間的菜蔬。你必汗流滿面才得餬口，直到你歸了土，因為你是從土而出的；你本是塵土，仍要歸於塵土。」——第三章十六至十九節

以上男女創造的神話，當時當作神授的經訓，歷史的事實，原有很可非難的地方，但是現在大家既然承認他只是古代的傳說，我們從思想上去考察他，卻也有許多興味。世界造成的始末，原是一切的人所想知道的，所以各民族間都有一種創世的神話。但是還有幾個問題更為切要，如性的牽引，人生的辛勞苦楚，在古人的心目中都很神祕，不容易了解，於是隻好用神話來說明他，上文所引的便正是這一類的起原的神話（Aitiological Myths）。農業的辛勞，女人生育的苦楚的起原，他們便用了夏娃的故事去做解釋。兩性的神祕的牽引，他們自然更不明瞭，所以也是那樣解釋；這肋骨的話看去雖然很是粗鄙，但在類似的傳說中卻是比較的更有意義，近代的許多性的神祕主義的新思想，還是從此而出的。見本文第三節。男性的強烈容

090

易感受異性的激刺,古時的人便倒果為因的歸罪於女性的誘惑;女性的成年又歸罪於蛇的誘惑,在古代及野蠻民族裡,以月經為蛇或魔鬼的作為的思想,甚是習見:這是對於那故事的學術的說明。至於女人的被輕視,乃是弱性(Weaker Sex)必然的運命,而且古代著作都出於男子之手,又在那樣的時代,原是不足怪的了。

《舊約》裡幾篇歷史上所描寫的猶太社會,大半還是家長制度時情形,英國伯列(Bury)教授在《思想自由史》上說他反映出低階的文明,裡面還充滿著野蠻的習慣。他們的共通的信仰是人皆有罪,因此便發生祭祀與潔淨兩種思想。《利未記》一篇記的很是仔細,關於婦女的是這樣說,

「若有婦人懷孕生男孩,他就不潔淨七天,像在月經汙穢的日子不潔淨一樣……他若生女孩,就不潔淨兩個七天。」利第十二章二又五節

再並第十五章十八節以下看起來,希伯來的禁慾思想差不多已很明顯了。《新約》雖然是用希臘文寫的,但實在仍是希伯來思想的典冊。《馬太福音》裡說,

「門徒對耶穌說,人和妻子既是這樣,到不如不娶。耶穌說,這話不是人都能領受的,唯獨賜給誰,誰才能領受。因為有生來是閹人,也有被人閹的,並有為天國的緣故自閹的;這話誰能領受,就可以領受。」太第十九章十至十二節

耶穌在福音裡雖然沒有正式的宣示,但是以獨身為正的意

歐洲古代文學上的婦女觀

思，已經即此可見。他在迦拿赴婚宴的時候，對他的母親說，

「婦人，我與你有什麼相干。」約第二章四節

這句話裡無論藏著怎樣的奧義，我們只照文字解說，拿來作希伯來思想的婦人觀的題詞，沒有什麼不適當的地方。

《舊約》裡純文學方面，有兩篇小說，都用女主角的名字作篇名，是古文學中難得的作品，這便是《以斯帖記》和《路得記》。以斯帖利用她的波斯王后的地位，破壞波斯大臣哈曼的陰謀，救了猶太一族的滅亡。路得是摩押族的女子，嫁與猶太人為妻，夫死無子，侍奉老姑回到伯利恆，後來依了猶太舊律，嫁給親族中的波阿斯，便是大衛王的先祖。這兩篇都是二千二百年前所作，藝術上很有價值，《以斯帖記》有戲劇的曲折，《路得記》有牧歌的優美。兩個女主角也正是當時猶太的理想中模範婦人，是以自己全人供奉家族民族的人，還不是顧念丈夫和兒子的賢妻良母，更不是後來的有獨立人格的女子了。

《舊約》裡的《雅歌》八章，是一種特別的作品。從來的註釋者都將他作宗教詩看，說是借了愛情表現靈魂與教會的關係的，但近來批評研究，才知道這實在是普通的戀愛歌，並沒有別的奧義。英國摩爾敦（Moulton）教授等以為他是一篇牧歌，所敘的是所羅門王的事。但美國摩爾（G・F・Moore）博士說這是結婚時所唱的情歌的總集，所羅門不過是新郎的一種美稱，這話似乎更為確實。《雅歌》中有一節道，

「求你將我放在你心上如印記，帶在你臂上如戳記，因為

愛情如死之堅強，嫉恨如陰間之殘忍。所發出的電光，是火焰的電光，是耶和華的烈焰。愛情，眾水不能息滅，大水也不能沒。」歌第八章六至七節

我們看了這歌，覺得在禁慾思想的希伯來文學中，也有這樣熱烈的戀愛詩，彷彿很是奇異；但因此也可以得到一個教訓，知道人性裡靈肉二元原是並存，並不是可以偏廢的了。

二

希臘思想普通被稱作現世主義的思想，與希伯來的正相對抗，但他文學上的婦女觀，並不見得比猶太更為高上。這也是時代使然，英國西蒙士（Symonds）說，「希臘的對於婦女的輕蔑，指示出他們光輝的但是不完全的文明上底一個最大的社會的汙點」，批評的很是適當。不過因為這是根於社會制度，並不從宗教信仰而來的，所以如《利未記》中所說的那種思想也就沒有。希臘的宗教並不禁忌婦人，有幾種女神的崇拜還有專用女祭司的，至於女子的歌隊舞隊更是很普通的了。

希臘的女人創造傳說，在海希奧德（Hesiodos）的詩裡，便是有名的潘朵拉（Pandora）的故事。普羅米修斯（Prometheus 意云先見）與他的兄弟遏比美透思（Epimetheus 後見）共造萬物及人類，但是因為普羅米修斯過於袒護人類，大神宙斯（Zeus）對他生了仇恨，想設法陷害他們。他命鍛冶之神依照女神的式樣

歐洲古代文學上的婦女觀

造了一個女人，卻放上一顆狗的心肝，然後叫眾神大家資助，給她一切的技藝與美，便稱她為潘朵拉，意思就是「眾賜」。大神將她送去給普羅米修斯，但他知道宙斯的計畫，辭謝不受；又去送給他的兄弟，遏比美透思便收受了，娶她為妻。潘朵拉有一個箱子，是神給她的，囑咐不可開看；她的好奇心卻引誘她破了這個戒約，箱蓋一啟，裡面關著的罪惡辛苦疾病，都飛了出去，只剩了一個希望，當她慌忙放下箱蓋的時候，被關在裡邊，不曾飛出。自此以後，人生便多不幸，沒有希望了。希臘的傳說雖然也說人間病苦的原因，起於女子，但與希伯來不同，因為他不曾含有以女子為不淨的觀念；他的對於女子的輕蔑，只是從事實上得來，不過是男尊女卑的社會裡一種平常的態度罷了。潘朵拉雖然稱是最初的女人，但是以前已有人類；至於未有女人以前的人類怎樣的衍續下來，這一個難解的問題，詩人卻未曾說及。

訶美洛斯（Homeros 或譯荷馬）兩篇史詩，本是敘英雄戰爭冒險的事，但女人也頗占重要的位置，如《伊里恩的詩》（Ilias，通俗稱 Iliad）裡的安德洛瑪刻（Andromakhe）及《奧德賽》（Odysseia，通稱 Odyssey）裡的沛納洛貝（Penelope），都是世間模範的賢婦，描寫的很有同情。還有造成伊里恩大戰爭的海倫納（Helene），在道德上本來很有可以非難的地方了，她本是斯巴達王后，隨了伊裡恩王子逃走，斯巴達王號召希臘各邦來攻伊裡恩，苦戰十年，才將這座城攻破了。但是希臘詩人對於她也很

是寬容，並沒有加上什麼破家傾國這些稱號；有人還做了辨正，說跟了伊裡恩王子去的只是她的影像，自己卻隱居在埃及。我們從這裡很可以看出希臘的特有的精神。平民詩人像海希奧德的人，很透徹的看見人世的苦辛，所以不免將苦味連帶的加到弱性上去；但他們又是現世思想的，尚美享樂的民族，他們的神祠裡有威嚴的大神，也有戀愛女神阿芙蘿黛蒂（Aphrodite）。他們以海倫納為美的化身，常住的青春的實體，戀愛女神的表現，因此自然發生一種尊崇的感情。等到雅典文學時代，悲劇詩人多喜在神話傳說上，加上一層道德的解釋，於是海倫納的生平又不免有許多缺憾發現了。

　　史詩時代以後，詩歌很是發達，但純粹的抒情詩不很盛，最多的是格言詩諷刺詩及儀式上用的合唱的歌。我們在這三種詩的性質上，可以豫料他對於婦女戀愛等的題目，未必有讚美的話。格言及諷刺詩在文學的譜繫上，從海希奧德派史詩出來，與後來的戲劇及哲學相接聯；在這樣的常識的文藝作品上，感情當然不能占什麼重要的位置；從當時的常識看來，婦女自然是弱性，結婚只是買賣了。合唱歌原系祭祀競技等時的歌曲，於是一方面關係也就較少。我們現在從諷刺詩裡舉出兩個例來，可以見其一斑。西蒙尼特斯（Semonides）有一首一百十九行的長詩，形容十類的女人，用十種物事做比喻。他起首說，「最初神造女人的心，成種種不同的性質。他造一種人，像硬毛的豬。她的家裡各物凌亂，沾染汙泥，在地上亂滾。她自己也汙穢，

穿著不洗的衣服,坐著,在糞堆裡肥壯起來。」

其次列舉狐,狗,泥,海水,驢,鼬,馬,猴為比,最後一種是蜜蜂,是唯一的良妻了;但他還總結一句說,

「宙斯造了這最上的惡,——便是女人;他們好像是好的,但你去得了來的時候,她便變了禍祟。」

他的話可以算是苛酷了,可是還不能比「辣詩人」希波納克斯(Hipponax)的這兩句詩:

女人給男子兩個快樂的日子,

在她結婚及出喪的時候。

希臘的抒情詩雖然流存的很少,但因為有一個女詩人莎芙(Sappho),便占了世界第一的位置。她是勒斯博(Lesbos)島的人;原來住在那邊的希臘人屬於愛阿里亞族,文化最高,風氣也最開通,女子同男人一樣的受教育,可以自由交際,不像雅典的將女子關在家裡,作奴隸看待,也不像斯巴達的專重體育,只期望她生育強健的子女;所以勒斯博當時很多女詩人,大家時常聚會,彷彿同後來雅典的哲學家講學一樣,莎芙便是這樣團體裡的領袖。她的古今無比的熱烈的戀愛詩,歷來招了許多的誤解,到了四世紀的時候,法王命令將她的詩集和別的所謂異教詩人的著作,一併燒了;因了這回熱心的衛道的結果,我們所能看見的女詩人的遺作,只剩了古代文法字典上所引用的斷片,一總不過百二十則,其中略成篇章的不及什一了。但

便是這一點斷片，也正如《希臘詩選》的編者 Meleagros 說，「花雖不多，都是薔薇。」她的戀愛詩第一有名的是《寄所愛》(「*Eis Eromenan*」此字系女性)，只是極不容易譯。我們現在抄譯幾則短句，也可以知道她的戀愛的意見了。

愛 (Eros) 搖我的心，如山風落在櫟樹的中間。斷片四二

愛搖動我，——融化支體的愛，苦甜，不可抗的物。同四十

這苦甜 (原語是甜苦 Glykypikron) 一句話，便成了後來許多詩人的愛用語。下列的兩行，卻又似柏拉圖 (Plato) 的哲學問答裡的話了。看了美的人，必是善的，善的也就將要美了。

希臘戲劇起源於宗教，他的材料差不多限於神話及英雄傳說；但是戲曲家的作法和思想逐漸改變，所以在這範圍內也就生出差異來了。最初的悲劇家艾斯奇勒斯 (Aeschylus) 用了他虔敬的宗教思想，解釋傳說的意義，他的悲劇裡的婦女 (其實連男子也是如此) 都不過是所謂上帝的傀儡，如遏來克忒拉 (Elektra) 的為父復仇，許沛美斯忒拉 (Hypermestra) 的背父從夫，一樣的是神意，沒有個人的自由意志。所福克來斯 (Sophokles) 不管這些宗教和道德上的意義，只依了普通的心理，描寫古時的事情，劇裡的女性更有獨立的性格了；如安蒂岡妮 (Antigone) 因為葬兄得罪，甘心就死，做了英雄的事，實際上卻仍是一個溫和的弱女子，並不是人情以外的女英雄，他的藝術更精美了。但思想最特別的，要算是尤里比底斯 (Euripides)。他生在二千四百年前，思想卻很進步，憑了理性，批評傳統的倫理，歐洲人常將

他比現代英國戲劇家蕭伯納（Bernard Shaw）。他的劇裡多描寫世間所謂惡德的女人，所以被稱為憎惡女性者（Misogynistes），其實是正反對的，他對於他們很有同情，或者還有多少的辯護。譬如美狄亞（Medea）因其夫他娶，用法術謀害新婦，又殺了自己的子女，駕飛龍車逃去；又法特拉（Phaidia）愛前妻之子，被他拒絕，便誣陷他致死，隨後她也悔恨自殺。這兩個人，在平常的眼光看來都是惡婦了；但尤里比底斯知道「愛情如死之堅強，嫉恨如陰間之殘忍」，共同的人性到處存在，只因機緣湊合，不幸便發生悲劇，正如星星的火都有燎原的可能性，不過有的不曾遇風，所以無事罷了。理想的悲劇能夠使人體會劇裡人物的運命，感到悲哀，又省察自己的共同的人性，對於將來感到恐怖：尤里比底斯的著作可以當得這個名稱。他的劇裡也有淑女，如阿爾克斯提斯（Alkestis）替丈夫的死，但我們所感到的不單是她的貞誠勇敢，卻多看出她丈夫的利己與卑怯，這又是作者的手段與他的微意之所在了。

　　希臘悲劇這題目很是廣大，現今只就關於婦人問題的略略一說；至於喜劇因為流傳的很少，又性質上原是一種諷刺的俗曲，對於婦女大抵都是譏笑的態度，與諷刺詩人相似，所以現在也不再說及了。

三

　　中古時代的思潮，以基督教為本，因了社會情狀的關係，生出種種變化，如騎士制度，聖母崇拜等，錯雜起來便造成中世的傳奇思想。基督教本是希伯來思想的嫡裔，但經過耶穌的修改，對於婦女的嚴厲的意見，已經寬緩一點了。但到使徒的手裡，不免又苛刻了許多，而且教會的作止規條逐漸制定，於是摩西的精神重複得勢了。如聖保羅說，

　　「你們當順著聖靈而行，就不成就肉體的情慾了。因為情慾和聖靈相爭，聖靈和情慾相爭。」《加拉太書》第五章十六至十七節

　　「那些屬基督的人，是已經把肉體，連肉體的邪情私慾，同釘在十字架上了。」又第二十四節

　　「男不近女倒好。」哥前第七章一節

　　這個禁慾思想，直到路德出現為止，很占勢力。這原是理想的出世法，但對於世間法他也有這幾種教訓。

　　「叫自己的處女出嫁是好，不叫她出嫁更是好。」哥前第七章三十八節

　　「各人的頭就是基督，女人的頭就是男人。」又第十一章三節

　　「女人要沉靜學習，一味的順服。我不許女人講道，也不許她轄管男人，只要沉靜。因為先造的是亞當，後造的是夏娃。

且不是亞當被引誘,乃是女人被引誘,陷在罪過裡。」提前第二章十一至十四節

「並且男人不是為女人造的,女人乃是為男人造的。」哥前第十一章九節

「他們指女人總要順服,正如律法所說的。」又第十四章三十四節

以後教會的神父便更變本加厲,又因了當時羅馬王朝侈華恣肆的反動,造成極端的厭世憎女的思想。特土良(Tertullian)說,

「女人!你應該穿著喪服破衣走,你的眼裡滿盛哀悔之淚,使人們忘記你是人種的禍祟。女人!你是地獄的門。」

「人必當獨身,縱使人種因此而絕滅。」

希波的奧古斯丁(Augustine)說,

「獨身者將在天上輝耀,如光芒的眾星;生他們的父母卻像無光的星。」

阿列根(Origen)說,

「結婚是非神聖而且不潔,是私慾的一種方法。」

他這樣說,也便實行他的主義,自宮以避誘惑了。以上多據德人倍貝爾《婦人論》中所引。這樣下去,非人情的禁慾主義,差不多完全主宰了世界。到六世紀瑪松(Maçon)會議,遂有女人有無靈魂與人格的討論,他的結果是大多數的否決!

但是六世紀以後，歐洲政教的形勢也逐漸改變了。羅馬東遷，小國紛紛建立，遂成封建制度；新興民族受了教會熱心的勸導，也都轉為基督教徒，於是聖母崇拜突然興起，和封建底下的騎士制度聯合，造成那種傳奇的婦女崇拜。原來歐洲各民族在未受基督教的洗禮以前，各有他們自己的宗教，教會雖然使他們在儀式上改了宗，但是根柢上的異教思想，一時不能變換；所以教會裡用了剿撫兼施的辦法，一面將勢力較小的諸神悉數打倒，併入地獄裡，做撒但的部下；一面卻將在民間占有勢力的諸神提拔起來，改換名稱，分配作古代的聖徒，如海神變為聖尼古拉之類。餘下一個最大的女神，南歐的阿芙蘿黛蒂（Aphrodite）或維納斯（Venus），北歐的艾達（Edda）或芙蕾雅（Freyja），都是代表女性體用的大神，生氣的宗教之主體，便被改作聖母；於是以前不大被人尊重的聖馬理亞，至此遂成了普遍的崇拜了。

　　騎士制度的完成，卻純是政治上的關係。一國的王並不是直接的統轄臣民，藉了租稅力役，保守他的國土；他將土地分封給人，為侯伯等，有事的時候，便專靠他們的幫助。侯伯等諸貴族又招養許多武士，替他們出力，因為武士都是擐甲騎馬，所以稱作騎士。這騎士制度實在只是一種主僕關係，武士這一字英國作 Knight，本有僕役的意思；不過他是僕而非奴，故地位稍為尊嚴，也較自由。但是他僕役的職務，原是存在，對於他的主人，有絕對忠順的義務。他的主人在宗教上有神的父子及

歐洲古代文學上的婦女觀

聖母，在政治上有王與直接的主君 —— 及主母。因為主君有時以戰爭外交種種關係，暫時離家，他的統治城堡的威權，便由他的妻來代表，所以貴族的夫人們，在他們屬地內也得了極大的尊崇。有這聖母與主母兩重的崇拜正在流行，一般女性的價值，就因之增高。在一方面遊行騎士的訓條，於為宗教及主君盡忠之外，又誓言尊敬婦女，一方面騎士文學的戀愛歌，也漸以發生了。

〔關於中世尊重婦女的事業，頗有疑問。德國倍貝爾（A·Bebel）便極不相信，在《婦人論》第一分卷中云，「空想的傳奇派與有心計的人們，努力的想將這個時期十二至十四世紀當作道德的時代，真誠的尊敬婦女的時代。……其實這時候，正是極兇的私刑法的時代，一切組織都散漫了，武士制度差不多變了路劫強盜和放火的職業。這樣行著最殘暴的兇行的時代，絕不適宜於溫柔與詩的感情的發達，而且他反將當初存在的，那一點對於女性的敬意，毀壞淨盡了。……」這就事實上說，當然是如此，但我們可以確說，在文藝上當初曾有這一種思想的表現，便是倍貝爾自己也原是這樣說。〕

騎士文學的發生，我們可以將他稱為人們對於女性的解放的初步。在異教時代，男女可以自由的歌詠戀愛的甜苦；基督教來了，把人類的本能通通抹殺，他們雖然照舊結婚生殖，但如聖耶隆姆（Jerome）說，

「結婚至好也是一件惡行，我們只能替他強辯，替他辯除。」

所以世間以為男女關係是不得已的汙惡，不是可以高言的，更無論詠歎了。因這汙惡的觀念，養成一種玩世態度，作放縱的詩歌的，是禁慾思想的別一方面的當然的果實。到了這時代，女性以聖母和主母的兩種形式，重複出現於世，潛伏著的永久的人性，在詩人胸中覺醒過來，續唱他未了的歌，正是自然的事。但是這兩個女性的代表，雖然同是女人，卻都有神聖威嚴圍繞著，帶著不可逼視的光芒，詩人的愛於是也自然的離了肉體，近於精神，差不多便替文藝復興時代的「柏拉圖的愛」(Platonic Love) 做了先驅了。

　　騎士文學的發達，是逐漸的。最初是史詩的復活，藉了十字軍護教的英雄，詠歎人生的活動，先是敘戰爭，次敘冒險，隨後敘戀愛；先是專講正教的人物，其後也漸及異教。但這都是敘事一面，到了普羅旺斯 (Provence) 文學興起，於是抒情詩遂占勢力，戀愛成了詩中的主題。這個傾向，在歐洲文學界上本來是共通的，普羅旺斯即法國南部一帶地處南方，思想又較自由，所以首先發現；他的影響漸漸由南而北，遂遍西歐。普羅旺斯的這種詩人，特別有一種名稱，叫做遊唱詩人 (Troubadour)，多是武士或貴族出身。他們詩裡的主旨是愛，——對於神及女人之愛。但是兩者幾乎有混同的傾向，因為遊唱詩人的戀愛的物件都是已婚的主婦，並非處女，詩中只有愛慕而無慾求，也沒有結婚的願望。這個原因，上面已經說及，便是這裡的所謂戀愛，並非平等關係，乃是從主僕關係出來的，所以

詩中的愛人在實際是威嚴的主母,與聖母之可仰而不可即彷彿一樣。詩人的「戀愛的服務」(Service of Love),先為詩歌的請求,倘主母許可,正式的與以接吻及指環等親身之物,以為印證,以後便承受他的詩的讚美。這戀愛的服務雖然因為公認戀愛,可以說是人性解放的初步,卻還受各種束縛,有許多非人情的地方,他們所愛的既然是一個神聖的偶像,——聖母或主母——詩中的戀愛因此也自然是理論而非經驗,是理想上的當然而非人情上的必然:這正是不得已的缺點。理論的戀愛雖然可以剖析的很是微妙,但沒有實際的無窮的變化,所以遊唱詩人的詩只以巧妙勝,不以真摯勝。英國沙伊托爾(H‧J‧Chaytor)在所著《遊唱詩人》(The Troubadours)中總敘這類戀愛詩的要旨云,

「詩人首先讚美其所愛者;她在肉體上精神上都是完全,她的美照耀暗夜,她的出現能使病者愈,使悲者喜,使粗暴者有禮,等等。詩人的對於她的愛與貞一是無限的:和她分離將比死更壞,她的死將使世界無歡,而且他欠她一切所有的善或美的思想。這隻為她的緣故,他才能夠歌吟。與其從別人受到最高的恩惠,他寧可在她手裡受無論怎樣的苦痛和責罰。……這個熱情變化了他的性質:他是一個比先前更好更強的人,預備饒恕他的仇敵,忍受一切肉體的艱苦;冬天在他同愉快的春天一樣,冰雪像是柔軟的草地和開花的原野。但是如或不見還報,他的熱情將毀滅他;他失了自制,同他說話也不聽見,不

能吃，不能睡，漸漸變成瘦弱，慢慢的陷到早年的墳墓裡去了。即使這樣，他也不悔恨他的戀愛，雖然他指愛引他到苦與死裡去，他的熱情永久的變強，因有希望扶助著他。但是倘若他的希望實現了，他欠這一切，都出於夫人的慈惠，因為他自己的能力是一點都不能有所成就的。」

我們在這裡再引一節頌聖處女馬理亞的詩，遊唱詩人的戀愛詩風差不多可以略見一斑了。

「夫人（Domna），無刺的薔薇，甜美在一切花之上，結實的枯枝，不勞而生谷的地，星，太陽之母，你自己父親指神的保母，在世界上或遠或近，沒有女人能夠像你。案枯枝意即指處女

夫人，淨而且美的處女，在產前如此，其後亦然；耶穌基督從你受了肉身，而不使生瑕，正如太陽照時，美光透過窗上玻璃而入內。」

這種騎士的詩歌，雖然有一種窠臼，但是略能改正社會上對於婦女的觀念，頗有功績。德國同派的詩人於讚美意中的個人以外，兼及女性的全體，其態度尤為真誠而平允。萊茵馬爾（Reinmar von Hagenau）詩云，

女人，怎樣的一個祝福的名！

說來怎樣的甜美，想來怎樣的可感謝！

吾爾力希（Ulrich von Lichtenstein）云，

我想神不曾造過比女人更好的物。

歐洲古代文學上的婦女觀

又詩云,

女人是淨,女人是美,

女人是可愛而且優雅,

女人於心裡困苦的時候是最好,

女人帶來一切的好事,

女人能召男人向名譽去,

阿,能承受這些的人是幸福了。

至於瓦爾特(Walter von der Vogelweide)下面的話,又與但丁(Dante)的意見相一致了。

戀愛的最好的報酬,是男子自己品格的增高。

有著好女人的愛的人,

羞恥一切的惡行。

以上所說,是中古時代順應了社會潮流而發生的一派文藝思想,但同時也別有反抗的一派,占有相當的勢力。在各種傳奇(Romance,散文或韻文的,多含神異分子的故事)裡最為習見,如浮士德(Faust)博士賣靈魂求快樂,唐懷瑟(Tannhäuser)維納斯伯格(Venusberg)之類,便是一例,但在彈詞《奧卡森和尼科萊特》(*Aucassin et Nicolette*)裡,這趨向最為明瞭。奧卡森愛奴女尼科萊特,但是他的父親伯爵不答應,叫女的教父子爵勸誡他,說倘若娶了尼科萊特,將墜地獄,不得往天堂裡去。奧卡森答說,

「在天堂裡我去幹什麼呢？我不想進去，我只要得我的甜美的朋友，我所摯愛的尼科萊特就好了。因為往天堂去的，都是那些人：那老牧師們，老跛腳和那殘廢者，他們整天整夜的在神壇前，在教堂底下的窟室裡咳嗽；那些穿舊外套和破衣服的人們；那些裸體，赤足，都是傷痕的；飢餓乾渴，寒冷困苦而死的。這些人們往天堂去，我與他們一點都沒有關係。但是地獄裡我卻願去。……我願到那裡去，只要有我的甜美的朋友尼科萊特在我的身旁。」

其後敘述尼科萊特從幽居中逃出，月夜經過園中的情景，令人想起所羅門的《雅歌》。

「她用兩手拿著衣裾，一手在前，一手在後，輕輕的在堆積在草上的露裡挨著，這樣走過了花園。她的頭髮是黃金色，垂著幾縷愛髮；她的眼睛，藍而帶笑；面色美好，嘴唇硃色，比夏天的薔薇或櫻桃更紅；牙齒白而且小；她的乳堅實，在衣下現出，如兩個圓果；她的腰很細，兩手可以圍過來。她走過去的時候，踏著雛菊，花映在伊的腳背和肉上，彷彿變了黑色，因為美麗的少年處女是這樣的白。」

在《浪遊者之歌》(*Carmina Vagorum*) 集裡，也多有這類讚歎肉體美的句子，如

額呵，喉呵，嘴唇呵，面頰呵，

都給與我們戀愛的資糧；

■ 歐洲古代文學上的婦女觀

但是我愛那頭髮,

因為這是黃金的顏色。

又如《美的呂提亞》(「*Lydia bella*」)的首節云,

美的呂提亞,你比清早的新乳,

比日下的嫩百合還要白!

同你的玫瑰白的肉色相比,

那紅薔薇白薔薇的顏色都褪了,

那磨光的象牙的顏色都敗了。據英國西蒙士編《酒與女人與歌》

《浪遊者之歌》是當時在歐洲各大學遊學的少年教士所作,用拉丁文,多仿頌歌體,而詩的內容,卻是西蒙士所說的酒與女人與歌,我們從這裡可以看出禁慾思想的失敗,知道將有什麼新的發展要出現了。

這新的發展,便是文藝復興與宗教改革。文藝復興是異教精神的復活,但是伊大利的文藝家用了和平手段,使他與基督教相調和,順了騎士文學的思潮,將希臘思想渡了過來。宗教改革本是基督教的中興,改革者卻出於激烈反抗的態度;路德根據了自然的人性,攻擊教會的禁慾主義,令人想起浪遊者的詩,實在是頗妙的一個反比。路德說,

「凡是女人,倘若她不是特別的受過上天的淨化,不能缺少男人的伴侶,正如她不能缺少食飲睡眠,或別的肉體需要的

滿足一般。凡男子也不能缺少女人的伴侶。這理由是因為在我們天性裡，深深的種著生育的本能，與飲食的本能無異。所以神使人身上有肢體血管精液，並一切必需的機官。倘有人想制止這自然的衝動，不肯容人性自由，他正如想制止自然令弗自然，制火令弗燒，制水令弗溼，制人令弗食飲睡眠。」

這一節話，即以現在的眼光看來，也非常精確，幾乎是現代講「性的教育」(Sex-education，以性的知識，授予兒童，謂之性的教育，或譯兩性教育，不甚妥) 的學者的話了。但他又說，

「將婦女拿出家庭以外，他們便沒用了。……女人是生成管家的，這是她的定命，她的自然律。」

我們可以知道，他的意見終是片面的。因為他在這裡又過於健全，過於實際的；正如文藝復興的文人的「柏拉圖的愛」，因為過於理想，過於抽象，也不免為片面的一樣。

伊大利詩人但丁 (Dante) 和同時的彼得拉耳加 (Petrarca) 一樣，一面是文藝復興的前驅，一面又是遊唱詩人的末裔。他的《神的喜劇》(*The Divine Comedy*) 裡面，包羅中世的政教道德思想的綱要，他的《新生活》(*La Vita Nuova=The New Life*) 又是醇化的戀愛觀的結晶。他在九歲的時候，遇見貝亞忒列契 (Beatrice，這是假名，即遊唱詩人詩學上所謂詩名 Senhal)，便發生初次的，亦是永久的戀愛，如《新生活》上所說，他看見了「比我更強的神」── 愛神 ── 了。但是那女人終於不很理他，正與彼得拉耳加所愛的勞拉 (Laura) 一樣，但丁卻終身沒有改

歐洲古代文學上的婦女觀

變，因為他的愛是精神的，不以婚姻為歸宿，彷彿是遊唱詩人的「宮廷之愛」(Courtly Love)，而更為真摯。在但丁這愛的經驗，實在是宗教的經驗，據弗勒丘著《婦人美的宗教》中所說，聖書上「神即是愛」這句話，便是他的說明。世間萬有都被一個愛力所融浸，這也就稱作神；人們倘能投身愛流，超出物我，便是與神合體，完成了宗教的究竟大願。但是人多關閉在自我的果殼裡，不易解脫，只有在感著男女或親子之愛的頃刻，才與普遍的力相接觸，有一個出離的機會。由愛而引起的自己放棄，是宗教上的一種最要素，所以愛正可以稱為入道之門。但丁以見貝亞忒列契之日為新生活的發端，以愛的生活為新生活的本體，便是這個意思了。

但丁的戀愛觀，本出於遊唱詩人而更為精微真摯，又是基督教的，與文藝復興時的「柏拉圖的愛」相似而實不同，柏拉圖在《宴饗》(Symposion)篇中記梭格拉第述女祭司迪奧蒂瑪(Diotima)之言云，

「進行的次序，或被引而歷經所愛事物的次序，是以世上諸美為梯階，循之上行，以求他美：自一至二，自二以至一切的美形，自美形至美行，自美行至美念，自美念以上，乃能至絕對美的概念，知何為美的精華。……這是人所應為的最高的生活。從事於絕對美的冥想。」

「愛是最上的力，是宇宙的，道德的，宗教的。愛有兩種，天上的與世間的：世間的愛希求感覺的美，天上的愛希求感覺

以上的美。因為感覺的美正是超感覺或精神的美的影子，所以我們如追隨影子，最後可以達到影后的實體，在忘我境界中得到神美的本身。」《婦人美的宗教》七感覺美的中間，以人體美——就中又以婦人美為最勝。又依善美合一之說，人的容貌美者，因他有精神美——即善——的緣故，譬如燈籠裡的火，光達於外。因此在文藝復興時期，婦人——美婦人的位置與價值，很是增高。但是如英國弗勒丘（J·B·Fletcher）在《婦人美的宗教》裡說，「柏拉圖的愛，從人情上說來，是自私的。他注視所愛的面貌，當作他自己冥想的法喜的刺激劑。這幾乎有點殭屍（Vampire）似的，他到處遊行，想像的吸取少女及各物的甜美，積貯起他的心的蜜房。」因此文藝復興的尊重婦女，也不是實在的，正如中古的女人崇拜一樣，但是新的局面卻總由此展開了。文藝復興時代，在本篇範圍之外，故不詳說。

綜觀以上所說中古以前文學上的婦女觀，差不多總在兩者之間，互動變換，不將女人當作傀儡，這字的意義，實在不能與英文的 doll 相當。古書裡說老萊子弄雛於其親側，這雛字倒頗適切，只可惜太古了。日本有一種小兒祝日所祭的人形，還稱作雛。便當作偶像！但這是時代的關係，無足怪的。歷來的文學，本來多出在男子的手裡；便是女人所作，講他們自己的，也如英國約翰米勒（J·S·Mill）所說，大半是「對於男子的諂媚」。但是這些歷史上的陳跡，無論怎樣蕪穢，卻總是發生現代思想之花的土堆，——別一方面，科學的知識固然也是一個最

歐洲古代文學上的婦女觀

大的助力。如耶穌說，

「那起初造人的，是造男造女，並且說，『因此，人要離開父母，與妻子連合，二人成為一體』。」創二之二四「你們沒有唸過嗎？既然如此，夫妻不再是兩個人，乃是一體的了。」太第十九章四至六節

康德（Kant）也說，

「男女聯合，成為一個整的全體；兩性互相完成。」據倍貝爾書中所引

又如性的神祕主義，在十八世紀以前，史威登堡（Swedenborg）呂斯布魯克（Ruysbroeck）等，以基督教為本，大加提倡；到了近代，也很有這傾向，但是經過了科學的洗禮，更為徹底了。神祕派於人間的男女親子關係上，認出人神關係的比例，因為神是宇宙之源的「一」，萬有的生活原則，本來無不與他相應，性的牽引與創造，當然可以有神的意義。現代的詩人卻更進一層，便直認愛即是神，不復以愛為求神的梯階，或神之愛的影子，即此男女親子的愛，便有甚深無量的意義，人人苟能充他的量，即是神的生活了。他們承認男人是男人，女人是女人，小兒是小兒，這是現代科學思想之賜，也就是造成他們的平易而神祕的思想的原因了。英國卡本特（E·Carpenter）在他的《嬰孩》（*The Babe*）詩中說，

兩個生命造出一個，只看作一個，
在這裡便是所有的創造。

這可以稱是他的現代的性的神祕主義。他有一部《愛的成年》，講男女問題極為正確，經郭君譯出，在北平出版。以下一節，是威爾斯（H·G·Wells）的話，我們引來作本篇的結束。

「我想，同事的欲求，將自己個人的本體沒入於別人的欲求，仍為一切人間的愛的必要的分子。這是一條從我們自己出離的路，我們個人的分隔的破除，正如憎惡是這個的增厚一般。我們捨下我們的謹慎，我們的祕密，我們的警備；我們開露自己；在常人是不可堪的摩觸，成為一種喜悅的神祕；自卑與獻身的行為，帶著象徵的快樂。我們不能知道何者是我，何者是你。我們的禁錮著的利己，從這個窗戶向外張望，忘了他的牆壁，在這短的頃刻中，是解放了，而且普通了。」據路易士著《卡本特傳》中所引

附記

我動手做這篇文章，是在三月中旬的病後，才成了半篇，因為舊病又發，也就中止了。遷延日久，沒有續作的機會，對於編輯者及讀者諸君實在很是抱歉。現在病勢略好，趕即續成此篇，但是前後相距已有四月，興趣與結構計畫多有改變，山中又缺少參考的便利，所以遺漏錯誤在所不免，筆法亦前後不同，需求讀者的原諒。

一九二一年七月二十一日，在北平西山。

歐洲古代文學上的婦女觀

布萊克的詩

威廉布萊克（William Blake, 1757 — 1827）是英國十八世紀的詩人。他是個詩人，又是畫家，又是神祕的宗教家。他的藝術是以神祕思想為本，用了詩與畫，來作表現的器具。歐洲各派的神祕主義，大半從希臘衍出，布洛諦諾思所著《九卷書》中，說宇宙起源本於一，由一生意，由意生靈，即宇宙魂。個體魂即由此出，復分為三：為物性的，理知的，神智的。只因心為形役，所以忘了來路，逐漸分離，終為我執所包裹，入於孤獨的境地，為一切不幸的起源。欲求解脫，須憑神智，得諸理解，以至物我無間，與宇宙魂合，復返於一。布萊克的意見也是如此，所以他特重想像（Imagination），將同情內察與理想主義包括在內，以為是入道的要素。斯布勤女士在《英文學上的神祕主義》（*Spurgeon, Mysticism in English Literature*）中有一節說：——

「在布萊克看來，人類最切要的性質，並非節制約束，服從或義務，乃是在愛與理解。他說，『人被許可入天國去，並不因為他們能檢束他們的情慾，或沒有情慾，但是因為他們能培養他們的理解的緣故。』理解是愛的三分；但因了想像，我們才能理解。理解的缺乏，便是世上一切兇惡與私利的根本。布萊克

用力的說,非等到我們能與一切生物同感,能與他人的哀樂相感應,同自己的一樣,我們的想像終是遲鈍而不完全。《無知的占卜》(*Auguries of Innocence*)篇中云:──

被獵的兔的一聲叫,撕去腦中一縷的神經。叫天子受傷在翅膀上,天使停止了歌唱。

我們如此感覺時,我們自然要出去救助了;這並非因被義務或宗教或理性所迫促,只因愚弱者的叫聲十分傷我們的心,我們不能不響應了。只要培養愛與理解,一切便自然順著而來了。力,欲與知,在自利與不淨的人,是危險的東西;但在心地清淨的人,是可以為善的極大的力。布萊克所最重的,只是心的潔淨,便是勞(Law)與貝美(Boehme)二人所說的欲求的方向。人的欲求如方向正時,以滿足為佳:──

紅的肢體,火焰般的頭髮上,禁戒撒滿了沙;但是滿足的欲求,種起生命的與美的果實。(案此係《格言詩》的第十章)

世上唯有極端純潔,或是極端放縱的心,才能宣布出這樣危險的宗旨來。在布萊克的教義上,正如斯溫朋(Swinburne)所說,『世間唯一不潔的物,便只是那相信不潔的念頭。』」

這想像的言語,便是藝術。藝術用了象徵去表現意義,所以幽閉在我執裡面的人,因此能時時提醒,知道自然本體也不過是個象徵。我們能將一切物質現象作象徵觀,那時他們的意義,也自廣大深遠。所以他的著作除純粹象徵神祕的《預言書》(*The Prophetic Books*)以外,就是抒情小詩,也有一種言外之

意。如下面這一篇，載在《無知的歌》(*Songs of Innocence*) 集內，是純樸的小兒歌，但其實也可以說是迷失的靈的叫聲；因為還有《尋得的小孩》(*The Little Boy Found*) 一詩，即是表靈的歸路的歷程的。

▌迷失的小孩 (The Little Boy Lost)

「父親，父親，你到那裡去？你不要走的那樣快。父親你說，對你的小孩說！不然我快要迷失了。」

夜色黑暗，也沒有父親；小孩著露溼透了；泥濘很深；小孩哭了。水氣四面飛散了。

布萊克說藝術專重感興 (Inspiration)，技工只是輔助的東西。凡是自發的感興，加以相當的技工，便是至上的藝術；無論古今人的創作，都是一樣可尊，分不得優劣。他的思想與藝術的價值，近來經德法批評家研究，漸漸見重於世；其先在英國只被看作十八世紀小詩人之一，以幾首性靈詩知名罷了。他的神祕思想多發表在《預言書》中，尤以《天國與地獄的結婚》(*The Marriage of Heaven and Hell*) 一篇為最要，現在不能譯他，只抄了幾篇小詩，以見一斑；但最有名的《虎》(*The Tiger*) 與《小羊》(*The Lamb*) 等詩，非常單純優美，不易翻譯，所以也不能收入了。

■ 布萊克的詩

■ 我的桃金娘樹（To My Myrtle）

縛在可愛的桃金娘上，

周圍落下許多花朵，

阿，我好不厭倦呵，

臥在我的桃金娘樹下。

我為什麼和你縛住了，

阿，我的可愛的桃金娘樹？

這詩的初稿，本有十行，是這樣的：——

我為什麼和你縛住了，

阿，我的可愛的桃金娘樹？

戀愛，——自由的戀愛，——不能縛住了

在地上無論什麼樹上。

縛在可愛的桃金娘上，

周圍落下許多花朵，——

好似地上的糞土

縛住了在我的桃金娘樹下，

阿，我好不厭倦呵，

臥在我的桃金娘樹下。

將這兩篇比較一看，便可見得前詩剪裁的巧妙，意思也更深長了。布萊克是痛惡一切拘束的人，這詩便是他對於戀愛的

宣言。但他的意思是很嚴肅的，和他的行為一致。他說桃金娘樹是美的可愛的，但他又縛住了；他愛這樹，但恨被縛住了反而妨害了他自發的愛，所以他想脫去了這繫縛，能夠自由的愛這樹；因為他的意見，愛與縛是不併存的。《格言詩》(*Gnomic Verse*) 第九章所說，也是關於這問題：——

柔雪 (Soft Snow)

我在一個雪天外出，我請柔雪和我遊戲：伊遊戲了，當盛年時融化了；冬天說這是一件大罪。

初稿末句，原作「阿，甜美的愛卻當作罪呵！」《經驗的歌》(*Songs of Experiences*) 集中有《迷失的女兒》(*The Little Girl Lost*) 一章，序言也這樣說，「未來的時代的兒童，讀了這憤怒的詩篇，當知道在從前的時候，甜美的愛曾當作罪呵！」這與上文所引《格言詩》第十正可互相發明瞭。

布萊克又惡戰爭，愛和平的農業，《格言詩》第十四五所說，與後來 John Ruskin 希望扶犁的兵士替去執劍的兵士，正是同一的意思。

十四

劍在荒地上作歌，鐮刀在成熟的田上：劍唱了一則死之歌，但不能使鐮刀降了。

119

■布萊克的詩

■十五

野鴨呵，你在荒地上飛，不見下面張著的網。你為什麼不飛到稻田裡去？收成的地方他們不能張網。

■你有一兜的種子（Thou hast a Slap full of Seed）

你有一兜的種子，這是一片好土地。你為什麼不撒下種去，高高興興的生活呢？

我可以將他撒在沙上，使他變成熟地嗎？此外再沒有土地，可以播我的種子，不要拔去許多惡臭的野草。

布萊克純粹的文學著作中有長詩一篇，就是《無知的占卜》，彷彿是小兒對於物象的占語，卻含著他思想的精英。總序四句，最是簡括。上文所引「被獵的兔」一節，便是篇中的第五第六兩聯。

■序

一粒沙裡看出世界，

一朵野花裡見天國，

在你手掌裡盛住無限，

一時間裡便是永遠。

■一～二

一隻籠裡的紅襟雀，

使得天國全發怒。

滿關鳩鴿的柵欄，

　　使得地獄全震動。

■三～四

　　主人門前的餓狗，

　　預示國家的衰敗。

　　路上被人虐待的馬，

　　向天叫喊要人的血。

■五～六

　　被獵的兔的一聲叫，

　　撕去腦中一縷的神經。

　　叫天子受傷在翅膀上，

　　天使停止了歌唱。

■七～八

　　鬥雞剪了羽毛預備爭鬥，

　　嚇煞初升的太陽。

　　狼與獅子的叫聲，

　　引起地獄裡的人魂。

■九～十

　　隨處遊行的野鹿，

布萊克的詩

能使人魂免憂愁。

被虐的小羊，養成公眾的爭奪，

但他仍宥許屠夫的刀子。

　　象徵的詩，辭意本多隱晦，經我的一轉譯，或者更變成難解的東西了。俄國詩人 Sologub 說，「吾之不肯解釋隱晦辭意，非不願，實不能耳。情動於中，吾遂以詩表之。吾於詩中，已盡言當時所欲言，且復勉求適切之辭，俾與吾之情緒相調合。若其結果猶是隱晦不可了解，今日君來問我，更何能說明？」這一節話，說得很好，可以解答幾多的疑問，所以引來作布萊克的說明。至於譯語上的隱晦或錯誤，當然是譯者的責任，不能用別的話辯解的了。

一九一八年

日本的詩歌

一

小泉八雲（Lafcadio Hearn）著的 In Ghostly Japan 中，有一篇講日本詩歌的文，說道，——

「詩歌在日本同空氣一樣的普遍。無論什麼人都感著，都能讀能作。不但如此，到處還耳朵裡都聽見，眼睛裡都看見。耳裡聽見，便是凡有工作的地方，就有歌聲。田野的耕作，街市的勞動，都合著歌的節奏一同做。倘說歌是蟬的一生的表現，我們也彷彿可以說歌是這國民的一生的表現。眼裡看見，便是裝飾的一種；用支那或日本文字寫的刻的東西，到處都能看見：各種傢俱上幾乎無一不是詩歌。日本或有無花木的小村，卻決沒有一個小村，眼裡看不見詩歌；有窮苦的人家，就是請求或是情願出錢也得不到一杯好茶的地方，但我相信決難尋到一家裡面沒有一個人能作歌的人家。」

芳賀矢一著的《國民性十論》第四章裡，也有一節說，——

「在全世界上，同日本這樣，國民全體都有詩人氣的國，恐怕沒有了。無論什麼人都有歌心（Utagokoro），現在日本作歌的人，不知道有多少。每年宮內省即內務府進呈的應募的歌總有

日本的詩歌

幾萬首。不作歌的，也作俳句。無論怎樣偏僻鄉村裡，也有俳句的宗匠。菜店魚店不必說了，便是開當鋪的，放債的人也來出手。到處神社裡的扁額上，都列著小詩人的名字。因為詩短易作，所以就是作的不好，大家也不妨試作幾首，在看花遊山的時候，可以助興。」

這詩歌的空氣的普遍，確是日本的一種特色。推究他的原因，大約只是兩端。第一，是風土人情的關係。日本國民天生有一種藝術的感受性，對於天物之美，別能領會，引起優美的感情。如用形色表現，便成種種美術及工業的作品，多極幽雅纖麗；如用言語表現，便成種種詩歌。就在平常家庭裝飾，一花一石，或食用事物，一名一字，也有一種風趣，這是極普通易見的事。第二，是言語的關係。日本語原是複音的言語，但用「假名」寫了，即規定了一字一音，子母各一合併而成，聯讀起來，很是質樸，卻又和諧。每字都用母音結尾，每音又別無長短的區別，所以葉韻及平仄的規則，無從成立，只要順了自然的節調，將二三及三四兩類字音排列起來，便是詩歌的體式了。日本詩歌的規則，但有「音數的限制」一條；這個音數又以五七調為基本，所以極為簡單。從前有人疑心這是從漢詩五七言變化而出的，但英國阿斯頓（W・G・Aston）著《日本文學史》，以為沒有憑據，中根淑在《歌謠字數考》裡更決定說是由於日本語的性質而來的了。以上所謂原因，第一種是詩思的深廣，第二種是詩體的簡易；二者相合，便造成上面所說的詩歌普遍的事實。

二

　　日本各種的詩歌，普通只稱作歌（Uta）；明治初年興了新體詩，雖然頗與古代的長歌相似，卻別定名曰詩。現在所說，只在這詩的範圍以內。日本古時雖有長歌旋頭歌片歌連歌諸種形式，流行於後世的只有短歌及俳句川柳這三種了。

　　長歌用五七的音數，重疊下去，末後用五七七結束，沒有一定的句數；短歌只用五七五七七，總共五句三十一音合成，所以加一短字，以示區別。旋頭歌用五七七的兩行，合作一首；這十九音的一行，分立起來，便是片歌，但古代多用於問答，獨立的時候很少，所以還是旋頭歌的聯句罷了。連歌便是短歌的聯句，大抵以百句五十句或三十六句為一篇。以上各種歌形，從前雖然通行，後來都已衰歇，所以短歌便成了日本唯一的歌，稱作和歌（Waka 或 Yamatouta 即大和歌），或單稱作歌。

　　短詩形的興盛，在日本文學上，是極有意義的事。日本語很是質樸和諧，做成詩歌，每每優美有餘，剛健不足；篇幅長了，便不免有單調的地方，所以自然以短為貴。旋頭歌只用得三十八音，但兩排對立，終不及短歌的遒勁，也就不能流行。後起的十七字詩 —— 俳句川柳，—— 比短歌更短，他的流行也就更廣了。

　　詩形既短，內容不能不簡略，但思想也就不得不求含蓄。三十一音的短詩，不能同中國一樣的一音一義，成三十一個有意義的字；這三十一音大抵只能當得十個漢字，如俳句的十七

音,不過六七個漢字罷了。用十個以內的字,要抒情敘景,倘是直說,開口便完,所以不能不講文學上的經濟;正如世間評論希臘的著作,「將最好的字放在最好的地位」,只將要點捉住,利用聯想,暗示這種情景。小泉氏論中有一節說道,——

「日本詩歌的美術上的普通原則,正與日本繪畫的原則符合。作短詩的人,用了精選的少數單語,正同畫師的少數筆畫一樣,能夠構成小詩,引起人的一種感情氣分。詩人或畫師,能夠達這目的,全憑著暗示的力量。……倘作短歌,想求言詞的完備,便不免失敗。詩歌的目的,並不在滿足人的想像力,單在去刺激他,使他自己活動。所以『說盡』(Ittakiri) 這一句話,便是批評毫無餘蘊的拙作的字樣。最好的短詩,能令人感到言外之意,直沁到心裡去,正如寺鐘的一擊,使縷縷的幽玄的餘韻,在聽者心中永續的波動。」

有人說這含蓄一端,系受漢字的影響,其實是不然的。日本雖然間用漢字,也是訓讀居多,至於詩歌裡邊,幾乎沒有音讀的漢字。而且漢字與日本語,只是音的單復的不同,意義上並無什麼差別:譬如中國的「鶯」,就是日本語的 Uguisu,音數不同,卻同是指一隻黃鶯;在單音的「鶯」字裡面,不見得比複音的 Uguisu 含蓄更多的意義。若說詩歌上的運用,Uguisu 一語占了一句的大部分,不能多加許多屬詞,所以有讀者想像的餘地;不比五言中的一個鶯字,尚可加上四個字去,易有說盡的弊病。總之這含蓄是在著想措詞上面,與音的多少並不相干。日本詩歌的思

想上,或者受著各種外來的影響;至於那短小的詩形與含蓄的表現法,全然由於言語的特性,自然成就,與漢字沒有什麼關係。

　　若說日本與中國的詩異同如何,那可以說是異多而同少。這個原因,大抵便在形式的關係上。第一,日本的詩歌只有一兩行,沒有若干韻的長篇,可以敘整段的事,所以如《長恨歌》這類的詩,全然沒有;但他雖不適於敘事,若要描寫一地的景色,一時的情調,卻很擅長。第二,一首歌中用字不多,所以務求簡潔精煉,容不下故典詞藻夾在中間,如《長恨歌》裡的「鴛鴦瓦冷霜華重,翡翠衾寒誰與共」這樣的句子,也決沒有。絕句中的「孤舟簑笠翁,獨釣寒江雪」,略像一首詠冬季的俳句,可是孤獨等字連續的用,有了說盡的嫌忌。「漠漠水田飛白鷺」,可以算得極相近了,差不多是一幅完全的俳句的意境。但在中國這七個字算不得一首詩,因為意境雖好,七個單音太迫促了,不能將這印象深深印入人的腦裡,又展發開去,造成一個如畫的詩境,所以只當作一首裡的一部分,彷彿大幅山水畫的一角小景,作為點綴的東西。日本的歌,譬如用同一的意境,卻將水田白鷺作中心,暗示一種情景,成為完全獨立的短詩:這是從言語與詩形上來的特色,與中國大不相同的地方。凡是詩歌,皆不易譯,日本的尤甚:如將他譯成兩句五言或一句七言,固然如鳩摩羅什說同嚼飯哺人一樣;就是隻用散文說明大意,也正如將荔枝榨了汁吃,香味已變,但此外別無適當的方法,所以我們引用的歌,只能暫用此法解釋了。

日本的詩歌

三

　　日本最古的歌，有《古事記》中須佐之男命的一首短歌，但他還是神話時代的人，《古事記》作於奈良朝（640－780 A‧D.），只是依照古來的傳說錄下，原不能據為典要；若在歷史時代，神武天皇（650 B‧C.）的著作，要算最早了。奈良朝的末葉，大伴家持編了一部《萬葉集》，凡二十卷，所收長歌短歌旋頭歌共四千五百首，為日本第一的歌集。以後每朝皆有敕選的歌集，加上私家的專集，其數甚多。德川末期（1800－1850）香川景樹排斥舊說，主張性靈，創桂園派；但到了末流，漸漸落了窠臼，專重形式，失了詩歌的生命。明治二十五年（1892）落合直文組織淺香社，發起一種革新運動，後來就以他的別號為名，稱作荻之舍派。從這派出來的有與謝野寬及晶子，尾上柴舟，金子薰園各家，都是著名的歌人，現代的新派和歌，大抵皆從這幾派出來的。

　　新派的歌與舊派的區別，並不在形式上面：這兩派一樣的用三十一音的文字，用文章語的文法。但新派的特色，是在注重實感，不偏重技巧這一件事。與謝野晶子說明這實感的條件，共有五項，便是真實，特殊，清新，幽雅及美。倘是很平凡浮淺的思想，外面披上詩歌形式的衣裳，那便是沒有實質的東西，別無足取。如將這兩首歌比較起來，便可以看出高下。

(1) 樵夫踏壞的山溪上的朽木的橋上，有螢火飛著。

香川景樹

(2) 心裡懷念著人，見了澤上的螢火也疑是從自己身裡出來的夢遊的魂。

和泉式部

第一首只是平凡無聊的事，第二首描寫一種特殊的情緒，就能感動別人：同是詠螢的歌，卻大不相同。香川是十九世紀上半的人，又曾經開創新派，不經意時便作出這樣的歌來；和泉式部是八百年前的婦人，上邊所舉的一首歌，因為著想真實，所以便勝數籌。因此可以知道，歌的新舊，重在這表現實感上，生出分別，並不專指時代的早晚。不過同一時代的人，在同一的空氣中，自然思想感情也有同一的趨向，成了一種風氣，便說是派別。若是著想平庸，漸漸流入形式的一路，那就成了舊派，雖然不必墨守那一家的成規，也自然失其獨立的價值了。

新派歌人的著作，原是十人十色，各有不同。但是感覺銳敏，情思豐富，表現真摯，同有現代的特性。今將現代的歌抄錄幾首譯解於下，——

(3) Noroi uta kakikasanetaru hogo torite, kurokikochôo osaenuru kana！

拿了咒詛的歌稿，按住了黑色的蝴蝶。

與謝野晶子

日本的詩歌

　　關於這一首歌，著者自己的說明是，「我憎惡陰鬱的家庭；我憎惡逼迫我的俗惡的群眾。我的心裡充滿了咒詛的氣分。現在見了一隻黑的蝴蝶飛來，便覺得這蝶也可惡，用了傍邊放著的歌稿將他按住。這稿就是近來所作充滿了咒詛的歌的草稿。」此處特錄原文表示本來的形式以下均從略

　　(4) 比遠方的人聲，更是渺茫的那綠草裡的牽牛花。

前人

　　這一首裡將遠方聽不清楚的人聲，比淡淡的顏色，視覺與聽覺混雜，便是現代文學上所常見的「官能的交錯」。

　　(5) 秋天來了，拾在手裡的石子，也覺得有遠的生命一般。

前人

　　(6) 臥在新的稻草上，恍然聞著故鄉門前田裡的水的香味。

與謝野寬

　　(7) 晚間秋風吹著，正如老父敲我的肩一樣。

田村黃昏

這是形容秋風的微弱和孤寂。

　　(8) 出了後門的紙障，在黑暗的路上漸漸消滅的覆盆子的聲音。

前人

　　覆盆子實系酸漿，結實同鈕釦一樣大，民間婦女採來將他

的肉擠去，只剩一個空殼，放在口內輕咬，使空氣進出，吱吱的作聲，當作遊戲。

（9）不必憂傷，倒出酒來，將來便把酒蓋我的遺骸。

前人

這歌寫出現代人的心裡的悲哀，想借了歡樂逃避悲痛，成了一種厭世的樂天，歌裡就寄寓這種感想。

（10）宛然是避去的人一般，燕子在門前的河上，不觸著水面，輕輕的掠過。

三島葭子

（11）終日撞窗上玻璃的蜜蜂，正如我徒然的為了你煩惱。

藤岡長和

以上所舉幾首的歌（3～11），都是有現代的特性的著作。日本藝術家的感受性向來比中國更為銳敏，近時受了西洋的影響，更有變化了。小泉氏在所著 Exotics and Retrospective 中論日本詠蛙的詩歌的一篇文章裡，說及這一件事道，——

「我突然想到一件奇事，便是在我讀過的幾千首詩歌中間，沒有一首說及觸覺方面的。色香聲音的感覺，很細密巧妙的表現在詩歌上；味覺便不大說及，觸覺則全然付之不顧了。我想這對於觸覺的沉默或是冷淡的理由，大約當在這民族的特殊氣質或是心的習慣裡去尋求，才可了解。不過這個問題，還不能決定。日本民族歷代吃粗食過活，又如握手擁抱接吻及其他肉

體上表白愛情的事,與遠東人的性格都不甚相合,因此頗要疑心日本人的味覺與觸覺的發達,比歐洲人更為遲鈍。但對於這假設,也有許多反證,如手工上觸覺的發達,便是一例。」

這所說的理由如何,是別一問題,但在事實上,古來說及觸覺的詩歌,原極缺乏。到了現在,文藝思想既已根本的革新,從前當作偶爾寄興的和歌,變了生命表現的文學,對於官能的感覺便沒有沉默迴避的態度;如上文(7)即是觸覺的印象的詩,在官能派的歌人裡,此類著作自然更多了。

四

俳句(Haiku)是二百年來新興的一種短詩。古時有俳諧連歌,用連歌的體裁,將短歌的三十一音,分作五七五及七七兩節,歌人各做一節,聯續下去;但其中含著詼諧的意思,所以加上俳諧兩個字。後來覺得一首連歌中間,只要發句(即五七五的第一節)也可以獨立,便將七七這一節刪去,這便叫做發句(Hokku),但現在普通總叫他為俳句了。這時候十七音的短詩,雖已成立,可是沒有特別的詩歌的生命,不過用幾個音義雙關的字,放在中間,造成一種詼諧的詩罷了。但風氣流行,也自成一派,出了許多「俳諧師」開門授徒,藉此作個生計。元祿年間(十八世紀上半)俳諧師松尾芭蕉忽能悟徹,棄了舊派的言詞的遊戲,興起一味閒寂趣味的詩風,便立定了文學上的俳句的

基本。一日晚間聽見庭中草地裡的蝦蟆，跳到池內去的水聲，便成了一句俳句，──

（12）Furuike-ya kaw zu to bikomu mizu ─ no oto.

古池呀，──青蛙跳入水裡的聲音。

這句詩在後世便大有名，幾乎無人不知；這並不因其中有什麼奧妙，不過直寫實情實景，暗示一種特殊的意境，現出俳句的特色，在俳句史上很有意義。以後這芭蕉派便占了全勝，定為俳句的正宗。二百年中也有過幾次停頓時候，經了天明時代（十八世紀末）的與謝蕪村同明治時代（十九世紀末）的正岡子規兩次的改革，又興盛起來，現在的俳句差不多全是根岸派（即子規的一派）的統系，雖然別有幾種新派，卻還不能得到什麼勢力。

俳句有兩種特別的規定：第一，是季題。季題便是四季的物色和人事；俳句每首必有一個季題，如春水秋風種蒔接木之類。所以凡有俳句，都可歸類分作春夏秋冬四部；將所詠的季題彙集，便成一部俳諧歲時記。短歌雖然也多詠物色，但不是一定如此，四季之外，還有戀，羈旅，無常幾部可分。所以根岸派俳人所定俳句的界說，是──詠景色的十七字的文學。

第二是切字（Kireji）。切字原只是一種表詠歎的助詞，短歌中也有之，但在俳句尤為重要，每句必有；常用的只有 Kana 與 Nari 及 Keri 三個字，他的意義大約與「哉」相似。有時句中如不見切字，那便算作省略，無形中仍然存在。

日本的詩歌

　　芭蕉提倡閒寂趣味，首創蕉風的俳句；蕪村是一個畫人，所以作句也多畫意，比較的更為鮮豔；子規受了自然主義時代的影響，主張寫生，偏重客觀。表面上的傾向，雖似不同，但實寫情景這個目的，總是一樣。現在略將各人的俳句，抄出幾首，解釋於下，——

（13）下時雨初，猿猴也好像想著小蓑衣的樣子。

松尾芭蕉

（14）望著十五夜的明月，終夜只繞著池走。

前人

（15）黃菊白菊，其餘的沒有名字也罷。

服部嵐雪

（16）菜花〔在中〕，東邊是日，西邊是月。括弧中字系原本所無

與謝蕪村

（17）秋風——，芙蓉花底下，尋出了雞雛。

太島蓼太

（18）木盆裡養著小鴨，還有幾株錢葵。

正岡子規

　　以上諸作，各有美妙的意趣；但一經譯解，便全失了，所以不能多舉。尚有一兩個特殊的俳句，如

(19) 吊瓶被朝顏花纏住了，只得去乞井水。

加賀千代女

這女詩人的句，語既平易，感情又很柔美，所以婦孺皆知，已成了俗語。又有小林一茶生在蕪村之後，卻無派別，自成一家，後人稱他作俳句界中的彗星，他善用俗語入詩，又用詼諧的筆寫真摯的情，所以非常巧妙，又含有人情味，自有不可及的地方。如這幾句，便可以見，——

(20) Yasegaeru, makeruna, Issa koreni ari！
瘦蝦蟆，不要敗退，一茶在這裡！

小林一茶

(21) 這是我歸宿的住家嗎？雪五尺。

前人

(22) 小黃雀，迴避——，馬來了。

前人

此係託黃雀詠貧民的詩。

(23) 秋風呀，——從撕剩的紅花，〔拿來作供〕。

前人

案原題「聰女三十五日墓」，蓋其幼女死後三十五日，掃墓時之作。

日本俳人通稱俳句為寫景的文學，但如一茶的句，已多有

主觀的情緒,那些景物,不過作個陪襯。即如

(24) 短夜呀,——伽羅的香味,反引起了哀愁。

高井幾董

原題 Kinuginu,便是離別的早晨的意思。這句雖然詠事,實是抒情;所以這限定俳句為寫景敘事,也不能甚確。近來有「新傾向句」便不必一定詠季題,又字音上也可伸縮;雖有人說他不成俳句,現在勢力還不甚大,也是一種頗有意義的運動。但這十七音的詩形,究竟太短,不能十分表現個人的主觀,所以也就不能成為表現個人感情的器具;因此抒情一事,恐不免為短歌及新詩所攬去,俳句仍然只能守著寫景敘事的範圍,也未可知。這原可說是俳句的長處,但也不免是他短處之一了。

五

川柳(Senriu)的詩形,與俳句一樣,但沒有季題與切字這些規則。當時流行雜俳,彷彿俳諧連歌,有種種的門類。川柳起源,出於「前句附」,也是雜俳的一種。後來略去前句,單將附加的一句留下,成了獨立的詩句。柄井川柳最有名,所以就將他名字拿來作為詩的名稱。他編有《柳樽》六十餘卷,有名於世。短歌俳句都用文言,(一茶等運用俗語,乃是例外,)川柳則用俗語,專詠人情風俗,加以譏刺。他的流行很廣,但是正如愛爾蘭人摩爾(G·Moore)所說,民間的文學,多是反動

的；所以川柳的思想，也多是尊重傳統，反對新潮，不能與現代新興文藝，同一步調，但描寫人情，多極微妙，譏刺銳利，還有江戶子的餘風，也是很有趣味的詩。只因與風俗相關甚密，別國的人看了，不甚能領會，所以現在也不引用了。

日本民間的詩歌，還有俗曲一類，內中所包甚廣，凡不合音樂的歌曲，都在其內，以盆踴歌，端唄都都逸為最重要。這一類短的民謠，大抵四句二十六音，普通稱作小唄。最古的有《隆達百首》，為慶長年間僧隆達所撰，＜諸國盆踴唱歌＞及＜山家蟲鳥歌＞也很有名。這種歌謠，自古代流傳，現在尚留人口者，固是極多，隨時由遍地的無名詩人撰作，遠近傳唱者，尤為不少。這真可算得詩歌空氣的普通，比菜店魚店的俳句川柳，尤為自然，可以見國民普遍的感情。但這事又是別一個題目，須得將來另行介紹了。

日本文學中既有短歌俳句川柳這幾種詩形，民謠中又有幾種，可以算得頗多了；明治時代新興了新體詩，仍以五七調為本，自由變化，成了各種體裁；又因歐洲思想的影響，發生幾種主義的派別，因此詩歌愈加興盛了。新體詩的長處，是表現自由，可以補短詩形的缺陷。以前詩有文語兩種，現在漸漸口語詩得了勢，文章體的詩已少見了。這詩歌兩種雖形式有異，卻並行不悖，因詩人依了他的感興，可以挑選擇適於表現他思想的詩形，拿來應用，不至有牽強的弊。譬如得了一種可以作歌的感興，做成短歌，固很適合；倘使這思想較為複雜，三十一個字

中放不入,那便作成詩,自然更為得宜。與謝野晶子的幾種歌話中論及詩歌,便是這樣說法,不以短歌為唯一表現實感的文學,我以為很是切當。

這一篇稿子還是兩年前的舊作,這回拿去付印,本要稍加修正,並多加幾篇譯歌,適值生病,不能如願,所以仍照本來的形式發表了。

一九二一年三月二十日。

日本的小詩

日本的詩歌在普通的意義上統可以稱作小詩，但現在所說只是限於俳句，因只有十七個音，比三十一音的和歌要更短了。

日本古來曾有長歌，但是不很流行，平常通行的只是和歌。全歌凡三十一字，分為五七五七七共五段，這字數的限制是日本古歌上唯一的約束，此外更沒有什麼平仄或韻腳的規則。一首和歌由兩人聯句而成，稱為「連歌」，或由數人聯句，以百句五十句或三十六句為一篇，這第二種的連歌，古時常用作和歌的練習，有專門的連歌師教授這些技術。十六世紀初興起一種新體，參雜俗語，含有詼諧趣味，稱作「俳諧連歌」，表面上仍系連歌的初步，不算作獨立的一種詩歌，但是實際上已同和歌迥異，即為俳句的起源。連歌的第一句七五七三段，照例須詠入「季題」及用「切字」，即使不同下句相聯也能具有獨立的詩意，古來稱作「發句」，本來雖是全歌的一部分，但是可以獨立成詩，便和連歌分離成為俳句了。

日本的俳句從十六世紀到現在，這四百年中，大概可以說是經過四個變化。第一期在十六世紀，俳諧的祖師山崎宗鑑，「貞門」的松永貞德，「談林」派的西山宗因（雖然時代略遲）是當時的代表人物；他們各有自己的派別，不過由我們看來，只

日本的小詩

是大同小異,詼諧的趣味,雙關的語句,大概有相同的傾向。今抄錄幾句於下:

(一)就是寒冷也別去烤火,雪的佛呀!

宗鑑

(二)風冷,破紙障的神無月。

(三)連那霞彩也是斑駁的,寅的年呵。

貞德

(四)給他吮著養育起來罷,養花的雨。

(五)蚊柱呀,要是可削就給他一刨。

宗因

以上諸例都可以看出他們滑稽輕妙的俳諧的特色。但是專在文字上取巧,其結果不免常要弄巧成拙,所以後來落了窠臼,變成濫調了。

第二期的變化在十七世紀末,當日本的元祿時代,松尾芭蕉出來推翻了纖巧詼詭的俳諧句法,將俳句提高了,造成一種閒寂趣味的詩,在文藝上確定了位置,世稱「正風」或「蕉風」的句,為俳句的正宗。芭蕉本來也是舊派俳人的門下,但是他後來覺得不滿足;一天深夜裡聽見青蛙跳進池內的聲響,忽然大悟做了一句詩道,

(六)古池呀 —— 青蛙跳入水裡的聲音。

自此以後他就轉換方向，離開了諧謔的舊道，致力於描寫自然之美與神祕。他又全國行腳，實行孤寂的生活，使詩中長成了生命，一方面就受了許多門人，「蕉風」的句便統一了俳壇了。後人對於他這古池之句加上許多玄妙的解釋，以為含蓄著宇宙人生的真理，其實未必如此，不過他聽了水聲，悟到自然中的詩境，為他改革俳句的動機，所以具有重大的意義罷了。詩歌本以傳神為貴，重在暗示而不在明言，和歌特別簡短，意思自更含蓄，至於更短的俳句，幾乎意在言外，不容易說明瞭。小泉八雲把日本詩歌比寺鐘的一擊，他的好處是在縷縷的幽玄的餘韻在聽者心中永續的波動。野口米次郎在《日本詩歌的精神》上又將俳句比一口掛著的鐘，本是沉寂無聲的，要得有人去叩他一下，這才發出幽玄的響聲來，所以詩只好算作一半，一半要憑讀者的理會。這些話都很有道理，足以說明俳句的特點，但因此翻譯也就極難了。現在選了可譯的幾首抄在下邊以見芭蕉派之一斑。

　　（七）枯枝上烏鴉的定集了，秋天的晚。

芭蕉

　　（八）多愁的我，盡使他寂寞罷，閒古鳥。

　　（九）墳墓也動罷，我的哭聲是秋的風。

　　（十）病在旅中，夢裡還在枯野中奔走。

　　芭蕉所提倡的句可以說是含有禪味的詩，雖然不必一定藏

日本的小詩

著什麼圓融妙理，總之是充滿著幽玄閒寂的趣味那是很明瞭的了。但是「蕉門十哲」過去了之後，俳壇又復沉寂下去，幾乎回到以前的詼詭的境地裡，於是「蕉風」的俳句到了十八世紀初也就告一結束了。

繼芭蕉之後，振興元祿俳句的人是天明年間的與謝蕪村，當十八世紀後半，是為第三期的變化。蕪村是個畫家，這個影響也帶到文藝上來，所以他一派的句可以說是含有畫趣的詩。芭蕉的俳句未始沒有畫意，但多是淡墨的寫意，蕪村的卻是彩色的細描了。他和芭蕉派在根本上沒有什麼差異，不過他將芭蕉派在蒐集淡泊的景色的時候所留下的自然之鮮豔的材料也給收拾起來，加入畫稿裡罷了。他的詩句於豐富複雜之外，又多詠及人事，這也是元祿時代所未有，所以他雖說是復興「蕉風」，其實卻是推廣，因為俳句因此又發展一步了。現在也舉幾句作一個例子。

（十一）柳葉落了，泉水乾了，石頭處處。

蕪村

（十二）四五人的上頭月將落下的跳舞呵。

（十三）易水上流著蔥葉的寒冷呀。

俳句第四期的變化起於明治年間，即十九世紀後半。那時候元祿天明的餘風流韻早已不存，俳人大抵為小主觀所拘囚，仍復作那纖巧詼諧的句當作消遣，正岡子規出來，竭力的排

斥這派的風氣，提倡客觀的描寫，適值自然主義的文學流入日本，也就供給了好些數據，助成他的「寫生」的主張。他據了《日本新聞》鼓吹正風，攻擊俗俳，一時勢力甚盛，世稱「日本派」俳句，又因子規住在根岸，亦稱「根岸派」。他的意見大半仍與古人一致，但是根據新的學說將俳句當作文學看待，一變以前俳人的態度，不愧為一種改革。他的詩偏重客觀的寫生以及題材的配合，這可以說是他的本領，雖然也曾做有各體的詩句。

（十四）荼蘼的花〔對著〕一閒塗漆的書幾。

子規

（十五）蜂窩的子，化成黃蜂的緩慢呵。

（十六）等著風暴的胡枝子的景色，花開的晚呵。

以上四期的俳句變化，差不多已將隱遁思想與灑脫趣味合成的詩境推廣到絕點，再沒有什麼發展的餘地了。子規門下的河東碧梧桐創為「新傾向句」，於是俳句上起了極大的革命，世論紛紜，至今不決，或者以為這樣劇烈的改變將使俳句喪失其固有的生命，因為俳句終是「芭蕉的文學」，而這新傾向卻不能與芭蕉的精神一致；這句話或者也有理由，但是倘若俳句真是隻以閒寂溫雅為生命，那麼即使不遭破壞，儘是依樣壺蘆的畫下去也要有壽終的日子，新派想變換方向，吹入新的生命，未始不是適當的辦法，雖然將來的結果不能預先知道。新傾向句

日本的小詩

多用「字餘」，便是增減字的句子，在古來的詩裡本也許可，現在卻更自由罷了，其更重要的地方就在所謂「無中心」。俳句向來最重「季題」，與「切字」同為根本條件之一，後來落了窠臼，四時物色都含了一種抽象的意義，俳人作句必以這意義為中心，借了自然去表現他出來，於是這詩趣便變了因襲的，沒有個性的痕跡了。新派並不排斥季題，但不當他是詩裡的中心，只算是事相中的一個配景，而且又拋棄了舊時的成見與聯想，別用新的眼光與手法去觀察抒寫，所以成為一種新奇的句，與以前的俳句很有不同了。

（十七）運著飲水的月夜的漁村。

碧梧桐

（十八）雁叫了，帆上一面的紅的月光。

雲桂樓

（十九）短夜呵，急忙迴轉的北斗星。

寒山

（二十）許多聲音呼著晚潮的貝類呀，春天的風。

八重櫻

傳統的文學，作法與讀法幾乎都有既定的途徑，所以一方面雖然容易墮入因襲，一方面也覺得容易領解。至於新興的流派便沒有這個方便，新傾向句之被人說晦澀難懂就為這個緣故。我們俳道的門外漢本來沒有什麼成見，但也覺得很不易

懂，這不能不算是一個缺點，因此這短詩形是否適於表現那些新奇複雜的事物終於成為問題了。

上邊所說俳句變化的大略，不能算是文學史的敘述，我們只想就這裡邊歸納起來，提出幾點來說一說。

第一，是詩的形式的問題。古代希臘詩銘（Epigrammata）裡盡有兩行的詩，中國的絕句也只有二十個字，但是像俳句這樣短的卻未嘗有；還有一層，別國的短詩只是短小而非簡省，俳句則往往利用特有的助詞，寥寥數語，在文法上不成全句而自有言外之意，這更是他的特色。法國麥拉耳默（Mallarme）曾說，作詩只可說到七分，其餘的三分應該由讀者自己去補足，分享創作之樂，才能了解詩的真味。照這樣說來，這短詩形確是很好的，但是卻又是極難的，因為寥寥數語裡容易把淺的意思說盡，深的又說不夠。日本文史家論俳句發達的原因，或謂由於愛好嗎小的事物，或謂由於喜滑稽，但是由於言語之說最為近似；單音而缺乏文法變化的中國語，正與他相反，所以譯述或擬作這種詩句，事實上最為困難——雖然未必比歐洲為甚。然而影響也未始是不可能的事，如現代法國便有作俳諧詩的詩人，因為這樣小詩頗適於抒寫剎那的印象，正是現代人的一種需要，至於影響只是及於形式，不必定有閒寂的精神，更不必固執十七字及其他的規則，那是可以不必說的了。中國近來盛行的小詩雖然還不能說有什麼很好的成績，我覺得也正不妨試驗下去；現在我們沒有再做絕句的興致，這樣俳句式的小

日本的小詩

詩恰好來補這缺，供我們發表剎那的感興之用。

第二，是詩的性質問題。小泉八雲曾在他的論文《詩片》內說，「詩歌在日本同空氣一樣的普遍。無論什麼人都感得能讀能作。不但如此，到處還耳朵裡都聽見，眼睛裡都看見。」這幾句話固然不能說是虛假，但我們也不能承認俳句是平民的文學。理想的俳諧生活，去私慾而遊於自然之美，「從造化友四時」的風雅之道，並不是為萬人而說，也不是萬人所能理會的。蕉門高弟去來說，「俳諧求協萬人易，求協一人難。倘是為他人的俳諧，則不如無之為愈。」真的俳道是以生活為藝術，雖於為己之中可以兼有對於世間的供獻，但絕不肯曲了自己去迎合群眾。社會中對於俳句的愛好不可謂不深，但那些都只是因襲的俗俳，正是芭蕉蕪村子規諸大師所排斥的東西，所以民眾可以有詩趣，卻不能評鑑詩的真價。蕪村在《春泥集》序上說，「畫家有去俗論，曰畫去俗無他法，多讀書，則書卷之氣上升而市俗之氣下降矣，學者其慎旃哉。（上四句原本系漢文）夫畫之去俗亦在投筆讀書而已，況詩與俳諧乎。」在他看來，藝術上最嫌忌者是市俗之氣，即子規所攻擊的所謂「月並」，就是因襲的陳套的著想與表現，並不是不經見的新奇粗鹵的說法；俳句多用俗語，但自能化成好詩，蕪村說，「用俗而離俗」，正是絕妙的話，因為固執的用雅語也便是一種俗氣了。在現今除了因襲外別無理解想像的社會上，想建設人己皆協的藝術終是不能實現的幻想，無論任何形式的真的詩人，到底是少數精神上的賢

人，──倘若諱說是貴族。

　　第三，是詩形與內容的問題。我們知道文藝的形式與內容有極大的關係，那麼在短小的俳句上當然有他獨自的作用與範圍。俳句是靜物的畫，向來多只是寫景，或者即景寄情，幾乎沒有純粹抒情的，更沒有敘事的了。元祿時代的閒寂趣味，很有泛神思想，但又是出世的或可以說是養生的態度，詩中之情只是寂寞悲哀的一方面，不曾談到戀愛；天明絢爛的詩句裡多詠入人事，不過這古典主義的復興仍是與現實相隔離，從夢幻的詩境裡取出理想之美來，不曾真實的注入自己的情緒；明治年間的客觀描寫的提倡更是顯而易見的一種古典運動，大家知道寫實是古典主義之一分子。總而言之，俳句經了這幾次變化，運用的範圍逐漸推廣，但是於表現浪漫的情思終於未能辦到，新傾向句派想做這一步的事業，也還未能成功。俳句十七字太重壓縮，又其語勢適於詠歎沉思，所以造成了他獨特的歷史，以後盡有發展，也未必能超逸這個範圍，兼作和歌及新詩的效用罷。日本詩人如與謝野晶子內藤鳴雪等都以為各種詩形自有一定的範圍，詩人可以依了他的感興，挑選擇適宜的形式拿來應用，不至有牽強的弊，並不以某種詩形為唯一的表現實感的工具，意見很是不錯。現在的錯誤，是在於分工太專，詩歌俳句，都當作專門的事業，想把人生的複雜反應裝在一定某種詩形內，於是不免生出許多勉強的事情來了。中國新詩壇裡也常有這樣的事，做長詩的人輕視短詩，做短詩的又想用他包括一

日本的小詩

切,未免如葉聖陶先生所說有「先存體裁的觀念而詩料卻隨後來到」的弊病,其實這都是不自然的。俳句在日本雖是舊詩,有他特別的限制,中國原不能依樣的擬作,但是這多含蓄的一兩行的詩形也足備新詩之一體,去裝某種輕妙的詩思,未始無用。或者有人說,中國的小詩原只是絕句的變體,或說和歌俳句都是絕句的變體,受他影響的小詩又是絕句的逆輸入罷了。這些話即使都是對的,我也覺得沒有什麼關係,我們只要真是需要這種短詩形,便於表現我們特種的感興,那便是好的,此外什麼都不成問題。正式的俳句研究是一種專門學問,不是我的微力所能及,但是因為個人的興趣所在,枝枝節節的略為敘說,而且覺得於中國新詩也不無關係,這也就盡足為我的好事的(Dilettante)閒談的辯解了罷。

一九二三年三月

日本近三十年小說之發達

一九一八年四月十九日在北京大學文科學研究究所講演

我們平常對於日本文化,大抵先存一種意見,說他是「模仿」來的。西洋也有人說,「日本文明是支那的女兒。」這話未始無因,卻不盡確當。日本的文化,大約可說是「創造的模擬」。這名稱似乎費解;英國人 Laurence Binyon 著的《亞細亞美術論》中有一節論日本美術的話,說得最好,可以抄來做個說明:——

「照一方面說,可以說日本凡事都從支那來;但照這樣說,也就可說西洋各國,凡事都從猶太希臘羅馬來。世界上民族,須得有極精微的創造力和感受性,才能有日本這樣造就。他們的美術,就是竭力模仿支那作品的時候,也仍舊含有一種本來的情味。他們幾百年來,從了支那的規律,卻又能造出這許多有生氣多獨創的作品,就可以見他們具有特殊的本色同獨一的柔性(Docility)。如有人說,Ingres 的畫不過是模仿 Raphael 的,果然是淺薄的觀察;現在倘說,日本的美術不過是模仿支那的,也就一樣是淺薄的觀察。」《大西洋月刊》一一六之三

在文學一方面,也是如此。所以從前雖受了中國的影響,但他們的純文學,卻仍有一種特別的精神。如列代的和歌,平

日本近三十年小說之發達

安朝（78－1180）的物語，江戶時代（1610－1870）的平民文學，——俳句川柳之類，都是極好的例。到了維新以後，西洋思想占了優勢，文學也生了一個極大變化。明治四十五年中，差不多將歐洲文藝復興以來的思想，逐層透過；一直到了現在，就已趕上了現代世界的思潮，在「生活的河」中一同游泳。從表面上看，也可說是「模仿」西洋，但這話也不盡然。照上來所說，正是創造的模擬。這並不是說，將西洋新思想和東洋的國粹合起來算是好，凡是思想，愈有人類的世界的傾向便愈好。日本新文學便是不求調和，只去模仿的好；——又不只模仿思想形式，卻將他的精神，傾注在自己心裡，混和了，隨後又傾倒出來，模擬而獨創的好。譬如有兩個人，都看佛經，一個是飽受了人世的憂患的人，看了便受了感化，時常說些人生無常的話；雖然是從佛經上看來，一面卻就是他自己實感的話。又一個是富貴的讀書人，也看了一樣的話，可只是背誦那經上的話。這便是兩樣模擬的分別，也就是有誠意與無誠意的分別。日本文學界，因為有自覺肯服善，能有誠意的去「模仿」，所以能生出許多獨創的著作，造成二十世紀的新文學。

　　我們現在略說日本近三十年小說的發達，一面可以證明上文所說的事實；又看他逐漸發達的徑路，同中國新小說界的情形來比較，也是一件頗有益有趣味的事。

　　一　日本最早的小說，是一種物語類，起於平安時代，去今約有一千年。其中紫式部做的《源氏物語》五十二帖最有名。

鎌倉十三世紀 室町十四五六世紀 兩時代，是所謂武士文學的時代，這類小說，變成軍記，多講戰事。到了江戶時代十七世紀至十九世紀中，平民文學漸漸興盛，小說又大發達起來。今只將他們類舉出來，分作下列八種：——

（一）假名草子　是一種志怪之類。

（二）浮世草子　一種社會小說，井原西鶴最有名。

（三）實錄物　歷史演義。

（四）灑落本　又稱蒟蒻本，多記遊廓情事。

（五）讀本　又稱教訓讀本。

（六）滑稽本

（七）人情本

（八）草雙紙　有赤本黑本青本黃表紙諸稱；又或合訂，稱合卷物。

這八種都是通俗小說，流行於中等以下的社會。其中雖間有佳作，當得起文學的名稱的東西，大多數都是迎合下層社會心理而作，所以千篇一律，少有特色。著作者的位置也狠低，彷彿同畫工或是說書的一樣，他們也自稱戲作者；做書的目的，不過是供娛樂，或當教訓。在當時儒教主義時代，原不當他作文學看待。到了明治初年，這種戲作者還是頗多，他們的意見，也還是如此。所以明治五年（1872），政府對於教導職發下三條教則，—— 一體敬神愛國之旨；二明天道人道之義；三

奉戴皇上，遵守朝旨；—— 教他們去行的時候，假名垣魯文同條野採菊兩個人代表了小說家，呈遞答文，中有幾處，說得狠妙：——

「今以戲作為業者，僅餘等二人，及其他二三子而已。此無他，智識日開月進，故賤稗史之妄語，不復重也。……夫劇作者，本非以示識者，但以導化不識者也。倘猶依然株守，非特將陷於迂遠，流於曖昧，其弊且將引人於過失。故決議爾後當一變從來之作風，謹本教則三條之趣旨，以從事著作。再餘等雖屬下劣賤業，唯與歌舞伎作者，稍有差別，乞鑑察為幸。」

看這兩節，當時小說界的情形，可想見了。明治維新以後，到了十七八年，國民的思想，都單注在政治同學術一方面，文學一面還未注意。翻譯的外國小說，雖頗流行，多是英國 Lytton 同 Disraeli 的政治小說一類。有幾個自己著作的，如柴東海散史的《佳人之奇遇》，矢野龍溪的《經國美談》，末廣鐵腸的《雪中梅花閒鶯》，也都是講政治的。詩歌一面，有坪內天野高田三人譯的《春江奇談》(*Lady of the Lake*)，坪內逍遙譯的《自由太力餘波切味》(*Julius Caesar*)，但也都含有政治的氣味。

二　如上所說，明治初年的小說，就只是這兩類：

（一）舊小說　是教訓，諷刺，灑落三類；

（二）新小說　是翻譯的，或擬作的政治小說兩類。

當時有幾個先覺，覺得不大滿足，就發生一種新文學的運

動。坪內逍遙首先發起;他根據西洋的學理,做了一部《小說神髓》指示小說的作法,又自己做了一部小說,名叫「一讀三嘆當世書生氣質」,於明治十九年(1886)先後刊行。這兩種書的出版,可算是日本新小說史上一件大事,因為以後小說的發達,差不多都從這兩部書而起的。

《小說神髓》分上下兩卷;上卷說小說的原理,下卷教創作的法則。他先說明藝術的意義,隨後斷定小說在藝術中的位置。次述小說的變遷和種類,辨明 Novel 同 Romance 的區別;排斥從前的勸善懲惡說,提倡寫實主義。他說:——

「小說之主腦,人情也。世態風俗次之。人情者,人間之情態,所謂百八煩惱是也。

穿人情之奧,著之於書,此小說家之務也。顧寫人情而徒寫其皮相,亦未得謂之真小說。⋯⋯故小說家當如心理學者,以學理為基本,假作人物,而對於此假作之人物,亦當視之如世界之生人;若描寫其感情,不當以一己之意匠,逞意造作,唯當以旁觀態度,如實模寫,始為得之。」

《當世書生氣質》就是據這理論而作,描寫當時學生生活。雖然文章還沾草雙紙的氣味,但已是破天荒的著作;表面又題文學士春之家朧也就很增重小說的價值。所以長谷川二葉亭作《浮雲》也借他這春之家的名號來發表,可以想見他當時的勢力了。

二葉亭四迷精通俄國文學,翻譯紹介,很有功勞。一方面也自創作,《浮雲》這一篇,寫內海文三失業失戀,煩悶無聊的

情狀，比《書生氣質》更有進步。又創言文一致的體裁，也是一件大事業。但是他志在經世，不以文學家自任，所以著作不多。隔了二十年，才又作了《其面影》同《平凡》兩篇，也都是名作。他因為受了俄國文學的影響，所以他的著作，是「人生的藝術派」一流；脫去戲作者的遊戲態度，也是他的一大特色，很有影響於後世的。

三　同二葉亭的人生的藝術派相對，有硯友社的「藝術的藝術派」。尾崎紅葉山田美妙等幾個人發起硯友社，本是一種名士的文會，後來發刊雜誌《我樂多文庫》我樂多的意義是破舊器具或一切廢物發表著作，在小說界上很占勢力。這一派也依據《小說神髓》奉寫實主義，但是不重在真，只重在美，所以觀察不甚徹透，文章卻極優美。紅葉的小說，最有名的是《金色夜叉》，最好的是《多情多恨》。

幸田露伴的著作，同紅葉一樣有名，他們的意見，卻正相反。一個是主觀的理想派，一個是客觀的寫實派，可是他們的思想，都不徹底。露伴的思想，一種是努力，一種是悟道，做的小說，便都表現這兩種思想。何以不徹底呢？因為他不是從實人生觀察得來，只從主觀斷定的，所以他小說的有名，大抵還是文章一面居多。

一樣是主觀的傾向，卻又與露伴不同的，有北村透谷的文學界一派。露伴的主觀是主意的，透谷是主情的。露伴於人生問題，不曾切實的感著，透谷感得十分痛切，甚至因此自盡。

原來人生的藝術派,由二葉亭從俄國文學紹介進來,不久就被硯友社這一派壓倒;森鷗外從德國留學回去,翻譯外國詩歌小說,又振興起來。明治二十六年(1893)北村透谷等便發起《文學界》,島崎藤村田山花袋也都加入。他們的主張,正同十八世紀末歐洲的傳奇派(Romanticism)一樣,就是破壞因襲,尊重個性;對於從來的信仰道德,都不信任,只是尋求自己的理想。最初的文學,不過當作娛樂,其次描寫人生,也只是表面,到了這時,關係的問題,是自己的生活,不是別人的事了。文學與人生兩件事,關聯的愈加密切,這也是新文學發達的一步。

　　四　中日戰後,國民對於社會的問題,漸漸覺得切緊;硯友社派的人,就發起一種觀念小說,彷彿同露伴的理想小說相類,表示著者對於這件事的觀念。描寫社會上矛盾衝突種種悲劇,卻含有一個解決的方法,就是一種附有答案的問題小說。川上眉山的《表裡》(Uraomote)泉鏡花的《夜行巡查》最有名。觀念小說大抵是悲劇,再進一步,更求深刻,便變了悲慘小說。廣津柳浪的《黑蜥蜴》,《今戶心中》心中即情死此事中國甚少見就是這派的代表著作。悲劇小說內容,可分四類:——一殘廢疾病,二變態戀愛,三娼妓生活,四下層社會。硯友社的藝術派,終於漸漸同人生接近,是極可注意的事。

　　樋口一葉是硯友社派的女小說家,二十五歲時死了。前後四年,作了十幾篇小說。前期的著作,受著硯友社的影響,也用那一流寫實法,但是天分極高,所寫的女主人,多是自己化

身，所以特別真摯。後期的著作，如《濁江》(*Nigorie*)、《爭長》(*Takekurabe*) 等，尤為完善，幾乎自成一家。她雖是硯友社派的人，她的小說卻是人生派的藝術。有人評她說，「一葉蓋代日本女子，以女子身之悲哀訴諸世間」，狠是確當。但她又能將這悲哀，用客觀態度從容描寫，成為藝術，更是難及。高山樗牛極讚美她，說「觀察有靈，文字有神；天才至高，超絕一世」。又說，「其來何遲，其去何早。」一葉在明治文學史上好像是一顆大彗星忽然就去了。

　　五　觀念小說以來，文學漸同社會接觸，但終未十分切實。內田魯庵發表《時代精神論》攻擊當時的小說家。他說：——

　　「今之小說家，身常與社會隔離，故未嘗理解時代之精神。政治宗教學術之社會，與彼等若風馬牛也。⋯⋯中國今日政治宗教倫理上，新舊思想之乖離，非即預兆將來之大衝突大破裂乎？日日讀新聞，感興百出，可慨者可恐者，所在多有，與讀維新前後之歷史，有同一之感。轉而《文藝俱樂部》或《新小說》案皆雜誌名則天下太平無事。二者相較，宛如隔世。」

　　魯庵便自己做了許多小說，就是社會小說的發端，其中《年終廿八日》最為有名。中村春雨木下尚江也都做這一類的著作。但是人生問題不曾明白，這社會問題，也就難以解決，所以社會小說不能十分發展，就衰退了。

　　社會小說之外，有一種家庭小說，也在這時候興起。小說的內容，不必定寫家庭事情，不過是指家庭的讀物，所以在文學

上，位置不很高。這一類著作，大抵講離合悲歡的事，打動人的感情，略含著道德的意義，與教訓小說相差無幾。菊池幽芳同德富蘆花是這派名家。蘆花的《不如歸》杜鵑鳥的別名最為有名，重板到一百多次。雖也只是一種傷感的通俗文學，但態度很是真摯，所以特有可取。蘆花後來忽然悟徹，到俄國訪了托爾斯泰回來，退往鄉村，也學他躬耕去了。

　　六　上來所說硯友社寫實派，興了悲慘小說以來，漸同現實生活接近，只是柳浪以後專做新聞小說，這一面漸荒廢了。小慄風葉接著興起，其初模仿紅葉隨後漸漸的轉變，脫離了硯友社道德善惡的見解，只將實在人生模寫出來，便已滿足。這描寫醜惡一件事，已經大有自然主義的風氣。但是他雖有此意氣，還未十分受著科學精神的影響，所以根基不大確實。到小杉天外作《流行歌》(1899)，始是有意識的模仿左拉，用科學的態度，將人當作一個生物來描寫他。他又從性慾一面，觀察戀愛，描寫他生理的緣因，都是一種進步。但《流行歌》序中，又如是說：──

　　「自然但為自然而已。不善不惡，不美不醜；唯或一時代或一國家之或一人，取自然之一角，以意稱之曰善曰惡，曰美曰醜而已。

　　讀者之感動與否，於詩人無預也。詩人唯如實描寫其空想之物而已。如畫家作肖像時，謂君鼻稍高，以刨加面，可乎？」

　　照上文第二節看來，他的自然主義，也還缺根本的自覺。第

二年永井荷風作《地獄之花》又進了一步。於序中說：——

「人類之一面，確猶不免為獸性。此其由於肉體上生理之誘惑歟？抑由於自動物進化之祖先之遺傳歟？……餘今所欲為者，即觀察此由遺傳與境遇而生之放縱強暴之事實，毫無忌諱，而細寫之也。」

荷風深通法國文學，他的主張，就從 Zola《實驗小說論》而來。天外描寫黑暗，有點好奇心在內；荷風只認定人間確有獸性，要寫人生，自不能不寫這黑暗。這是二人不同的點，也就是二人優劣的點。

七　自然派小說的興盛，在日俄戰爭以後，前後共有七年（1906 － 1912）。其先有三個前驅，就是國木田獨步島崎藤村同田山花袋。

國木田獨步同一葉一樣，也是一個天才。他先時而生，他的名作《獨步集》在明治三十四年（1901）時早已出版。待到自然主義大盛，識得他的才能的時候，也就死了。藤村本是抒情派詩人，花袋出自文學界，都從主觀轉入客觀。三十七年花袋作《露骨的描寫》一文，島村抱月長谷川天溪諸批評家，也極力提倡外國自然派文學，經二葉亭鷗外抱月升曙夢馬場孤蝶上田敏等翻譯介紹，也興盛起來，自然主義漸占勢力。到了藤村的《破戒》三十九年花袋的《蒲團》四十年出版，蒲團就是棉被出現，可算是極盛時代。

此後五六年間，作家輩出，最有名的是：——

德田秋聲	代表著作 ——《爛》
正宗白鳥	《何往》
真山青果	《南小泉村》
岩野泡鳴	《耽溺》
近松秋江	《故婦》
中村星湖	《星湖集》

總而言之，日本自然派小說，直接從法國左拉與莫泊桑一派而來，所以這幾重特色——一重客觀不重主觀，二尚真不尚美，三主平凡不主奇異，也都相同。但雖是模仿，仍然自有本色，所以可貴。只是唯物主義的決定論（Determinism），帶有厭世的傾向，往往引人入於絕望；所以有人感著不滿，有一種反動起來。這也是文藝上的一派，別有他的主張。至於那罵自然派小說不道德，要「壞亂風俗」的頑固派，原是一種成見，並不從思想上來，當然不必論的。

八　這非自然主義的文學中，最有名的，是夏目漱石。他本是東京大學教授，後來辭職，進了朝日新聞社，專作評論小說。他所主張的，是所謂「低徊趣味」，又稱「有餘裕的文學」。當初他同正岡子規高濱虛子等改革俳句，發刊一種雜誌，名字就叫鳥名的「子規」（Hototogisu）。他最初做的小說《我是貓》就載在這種雜誌上面，是中學教師家裡的一隻貓，記他自己的經歷見聞，狠是詼諧，自有一種風趣。高濱虛子做了一部短篇集，名曰「雞頭」即是雞冠花，漱石作序，中間說：——

▎日本近三十年小說之發達

　　「餘裕的小說，即如名字所示，非急迫的小說也，避非常一字之小說也，日用衣服之小說也。如借用近來流行之文句，即或人所謂觸著不觸著之中，不觸著的小說也。……或人以為不觸著者，即非小說；餘今故明定不觸著的小說之範圍，以為不觸著的小說，不特與觸著的小說，同有存在之權利，且亦能收同等之成功。……世界廣矣，此廣闊世界之中，起居之法，種種不同。隨緣臨機，樂此種種起居，即餘裕也。或觀察之，亦餘裕也。或玩味之，亦餘裕也。」

　　自然派說，凡小說須觸著人生；漱石說，不觸著的，也是小說，也一樣是文學。並且又何必那樣急迫，我們也可以緩緩的，從從容容的賞玩人生。譬如走路，自然派是急忙奔走；我們就緩步逍遙，同公園散步一般，也未始不可。這就是餘裕派的意思同由來。漱石在《貓》之後，作《虞美人草》也是這一派的餘裕文學。晚年作《門》和《行人》等，已多客觀的傾向，描寫心理，最是深透。但是他的文章，多用說明敘述，不用印象描寫；至於構造文辭，均極完美，也與自然派不同，獨成一家，不愧為明治時代一個散文大家。

　　森鷗外本是醫學博士，兼文學博士，充軍醫總監，現任博物館長，翻譯以外，多有創作。他近來的主張，是遣興文學。短篇小說《遊戲》（*Asobi*）的裡面說：——

　　「這個漢子就是著作的時候，也同小孩子遊戲時一樣的心情。這並不是說，他就一點沒有苦處。無論什麼遊戲，都須得

超過障礙。他也曉得藝術不是玩耍，也自覺得倘將自己用的傢伙，交與真的巨匠大家，也可造成震動世界的作品。但是雖然自覺，卻總存著遊戲的心情。……總之在木村無論做什麼事，都是一種遊戲。」

這幾句話，很可見他的態度。他是理知的人，所以對於凡事，都是這一副消極的態度，沒有興奮的時候，頗有現代虛無思想傾向。所以他的著作，也多不觸著人生。遣興主義，名稱雖然不同，到底也是低徊趣味一流，稱作餘裕派，也沒什麼不可。

九　自然主義是一種科學的文學，專用客觀，描寫人生，主張無技巧無解決。人世無論如何惡濁，只是事實如此，奈何他不得，單把這實情寫出來，就滿足了。但這冷酷的態度，終不能令人滿足，所以一方面又起反動，普通稱作新主觀主義。其中約可分作兩種：

一是享樂主義。片上天弦論明治四十四年文壇情狀，有這一節，說得明白：——

「一二年來，對於自然派靜觀實寫之態度，表示不滿，見於著作者，所在多有。自然派欲儲存人生之經驗，此派之人，則欲注油於生命之火，嚐盡本生之味。彼不以記錄生活之歷史為足，而欲自造生活之歷史。其所欲者，不在生之觀照，而在生之享樂；不僅在藝術之製作，而欲以己之生活，造成藝術品也。」

此派中永井荷風最有名。他本是純粹的自然派，後來對於

日本近三十年小說之發達

現代文明，深感不滿，便變了一種消極的享樂主義。所作長篇小說《冷笑》是他的代表著作。谷崎潤一郎是東京大學出身，也同荷風一派，更帶點頹廢派氣息。《刺青》、《惡魔》等，都是名篇，可以看出他的特色。

一是理想主義。自然派文學，描寫人生，並無解決，所以時常引人到絕望裡去。現在卻肯定人生，定下理想，要靠自由意志，去改造生活，這就暫稱作理想主義。法國柏格林創造的進化說，羅蘭的至勇主義，俄國托爾斯泰的人道主義，同英美詩人布萊克與惠特曼的思想，這時也都極盛行。明治四十二年，武者小路實篤等一群青年文士，發刊雜誌《白樺》提倡這派新文學。到大正三四年時（1912 — 1913），勢力漸盛，如今白樺派幾乎成了文壇的中心。武者小路以外，有長與善郎裡見弴志賀直哉等，也都有名。

早稻田大學，自從出了島村抱月相馬御風片上天弦等以後，文學上狠有勢力。隨後新進文士，也出了不少。中村星湖離了客觀的自然主義，提倡問題小說，興起主張本位的藝術。相馬泰三著作，帶著唯美的傾向。谷崎精二是潤一郎的兄弟，卻是人道主義的作家，有短篇集《生與死之愛》可以見他的思想一斑。

十　以上所說，是日本近三十年來小說變遷的大概。因為時間侷促，說得甚是粗淺。好在文科加了日本文，希望將來可以直接研究，這篇不過當一個索引罷了。

講到中國近來新小說的發達，與日本比較，可以看出幾處

異同，狠有研究的價值。中國以前作小說，本也是一種「下劣賤業」，向來沒人看重。到了庚子——十九世紀的末一年——以後，《清議》、《新民》各報出來，梁任公才講起小說與群治之關係，隨後刊行《新小說》，這可算是一大改革運動，恰與明治初年的情形相似。即如《佳人之奇遇》，《經國美談》諸書，俱在那時譯出，登在《清議報》上。《新小說》中梁任公自作的《新中國未來記》，也是政治小說。

又一方面，從舊小說出來的諷刺小說，也發達起來。從《官場現形記》起，經過了《怪現狀》，《老殘遊記》，到現在的《廣陵潮》，《留東外史》，著作不可謂不多，可只全是一套板。形式結構上，多是冗長散漫，思想上又沒有一定的人生觀，只是「隨意言之」。問他著書本意，不是教訓，便是諷刺嘲罵誣衊。講到底，還只是「戲作者」的態度，好比日本假名垣魯文的一流。所以我還把他放在舊小說項下，因為他總是舊思想，舊形式。即如他還用說書的章回體，對偶的題目，這就是一種極大的束縛。章回要限定篇幅，題目須對課一樣的配合，抒寫就不能自然滿足。即使寫得極好如《紅樓夢》，也只可承認他是舊小說的佳作，不是我們現在所需要的新文學。他在中國小說發達史上，原占著重要的位置，但是他不能用歷史的力來壓服我們。新小說與舊小說的區別，思想果然重要，形式也甚重要。舊小說的不自由的形式，一定裝不下新思想；正同舊詩舊詞舊曲的形式，裝不下詩的新思想一樣。

日本近三十年小說之發達

　　現代的中國小說，還是多用舊形式者，就是作者對於文學和人生，還是舊思想同舊形式，不相牴觸的緣故。作者對於小說，不是當他作閒書，便當作教訓諷刺的器具，報私怨的傢伙。至於對著人生這個問題，大抵毫無意見，或未曾想到。所以做來做去，仍在這舊圈子裡轉；好的學了點《儒林外史》，壞的就像了《野叟曝言》，此外還有《玉梨魂》派的鴛鴦胡蝶體，《聊齋》派的某生者體，那可更古舊得利害，好像跳出在現代的空氣以外，且可不必論他。

　　中國講新小說也二十多年了，算起來卻毫無成績，這是什麼理由呢？據我說來，就只在中國人不肯模仿不會模仿。因為這個緣故，所以舊派小說還出幾種，新文學的小說就一本也沒有。創作一面，姑且不論也罷，即如翻譯，也是如此。卻除一二種摘譯的小仲馬《茶花女遺事》，托爾斯泰《心獄》外，別無世界名著。其次司各得狄更斯還多，接下去便是高能達利哈葛得白髭拜無名氏諸作了。這宗著作，果然沒有什麼可模仿，也決沒人去模仿他，因為譯者本來也不是佩服他的長處所以譯他；所以譯這本書者，便因為他有我的長處，因為他像我的緣故。所以司各得小說之可譯可讀者，就因為他像《史》、《漢》的緣故，正與將赫胥黎《天演論》比周秦諸子，同一道理。大家都存著這樣一個心思，所以凡事都改革不完成。不肯自己去學人，只願別人來像我。即使勉強去學，也仍是打定老主意，以「中學為體，西學為用」。學了一點，更古今中外，扯作一團，來作他

傳奇主義的《聊齋》，自然主義的《子不語》，這是不肯模仿不會模仿的必然的結果了。

我們要想救這弊病，須得擺脫歷史的因襲思想，真心的先去模仿別人。隨後自能從模仿中蛻化出獨創的文學來，日本就是個榜樣。照上文所說，中國現時小說情形，彷彿明治十七八年時的樣子，所以目下切要辦法，也便是提倡翻譯及研究外國著作。但其先又須說明小說的意義，方才免得誤會，被一般人拉去歸入子部雜家，或併入《精忠嶽傳》一類閒書。——總而言之，中國要新小說發達，須得從頭做起，目下所缺第一切要的書，就是一部講小說是什麼東西的《小說神髓》。

日本近三十年小說之發達

論左拉

英國藹理斯著 Havelock Ellis, Zola.
（Affirmations, P. 131-157, 1898）

　　左拉的名字——一個野蠻的，爆發的名字，像是一個無政府黨的炸彈，——在噓聲與嚎叫之中滾來滾去的經過了這世紀的四分之一。在無論那一個文明國裡，我們都聽到人家說起那個把文學拖到陰溝裡去，那個出去挑選拾街上的汙穢東西放進書裡給那些汙穢的人們去讀的人。而且在無論那一個文明國裡，都有數十萬的人讀他的書。

　　現在，他的畢生事業已經完成了。以前所引起的那種呼噪，同時也就大抵沉靜下去了。這並不是大家都已承認《路公麥凱耳叢書》著者的地位，只因當初迎他的風暴已經乏力，而且又已知道這件事至少有著兩面，正如別的一切問題一樣。這樣的一個時候，來平心靜氣地討論左拉的正確的位置，是頗適宜的。

　　那些絕對地反對左拉，而知道謾罵算不得辯論的人們所主張的根據，大抵是說左拉並非藝術家。這件事情在他們的議論裡往往變成了理想主義對寫實主義的問題。理想主義這個字，照文藝批評家所用，似乎是指在藝術描寫上對於人生事實的一

論左拉

種小心的選擇,有些事實適於小說的描寫,有些別的事實是不很適用的;至於寫實派則據批評家看來是一個毫不別擇地把一切事實都拋進書裡去的人。我想這是一個很好的說法,因為那文藝批評家不曾明白地規定;他更不反問自己所主張的理想主義有多少只是傳統的,或者這表現的方法會影響我們到什麼程度。他對於自己不曾發這些疑問,我們也不必去問他,因為在左拉(或是在無論那一個所謂寫實派)是沒有這樣分別的。世上沒有絕對的寫實主義,只有理想主義之種種變相;唯一絕對的寫實當為一張留聲機片,輔以照相的插畫,彷彿是影戲的樣子。左拉是一個理想派,正如喬治·桑(George Sand)一樣。他很多選取物質方面的材料,而且他選的很龐雜,這都是真的。但是選擇總還存在,凡有過審慎的選擇的便即是藝術。關於所謂寫實主義與理想主義的問題,我們不必勞心,──我真懷疑我們有無勞心之必要。現在的問題只是:那藝術家選擇了正當的材料嗎?他又曾用了該當的節制去選擇材料嗎?

這第一個是大的問題,而且至少在左拉這案件裡,我想不是依了純粹的美學的根據可以解答得來的;第二個問題卻可以容易地解答。左拉自己曾經答過,他承認因了他的熱心,或者又因了他對於新得事實的特別的記憶力,(像是海綿的一個記憶力,如他所說,容易漲滿也容易空虛,)他常要走的太遠;他在書上太豐富地加上詳細的描寫。這種錯處與惠特曼(Whitman)所有的一樣,同樣的被熱心所驅迫。左拉費了極大的辛苦去搜

求事實；他告訴我們怎樣翻閱神學家的著作，想得到質地和色彩去做那《穆勒長老的過失》(*La Faute de L'Abbe Mouret*)，——這或者是他早年作品裡的最好的書。但是他做這個預備功夫，的確未必有福樓拜 (Flaubert) 做《包法利夫人》(*Madame Bovary*) 時用的那樣多，更不及福樓拜做《薩朗波》(*Salammbô*) 時的關於加爾泰格 (Carthage) 的研究了。然而結果截然不同；一個藝術家憑了著筆的豐富繁重得到效果，別一個藝術家卻憑了謹慎的節制，只是選擇並側重於顯著重要之點。後者的方法似乎更速更深地達到藝術的目的。哈爾斯 (Frans Hals) 的三筆抵得覃納耳 (Denner) 的千筆。豐富而精細的描寫可以感人，但是末後卻使人煩倦了。倘若一個人抱起他的兩個小孩放在膝上，無論他把萊諾耳放在右膝，亨利放在左膝，或是相反，這都沒有什麼關係；那人自己也未必知道，而且他的感情愈強，他也就愈不會知道。我們深厚地生活著的時候，我們外面生活的事實並不是精細密緻地呈現於心目；只有很少的幾點在意識中成為焦點，其餘的皆與下意識相連接。少數的事物在生活的每瞬間明顯地現出，其餘的都是陰暗的。超越的藝術家的本領在於他有卓識與大膽，能夠攫住並表示出每階段的這些亮點，把那連界的分子放在該當的從屬的地位。截不相像的戲曲家如福特 (Ford) 與易卜生 (Ibsen)，截不相像的小說家如福樓拜與托爾斯泰，都一樣地因了他們藝術效力的單純明顯能夠感人。左拉所採用的方法卻使這種效力極難得到。或者左拉的特殊藝術之最好的證

論左拉

明，在於他的善能中和那種繁重的筆法的惡結果之一種技能。在他的代表著作如《酒店》(*L'Assommoir*)、《娜娜》(*Nana*)和《萌芽》(*Germinal*)裡，他想在一群瑣屑或專門的事物上作出一個顯明的遠景，想從多種描寫中間造成一個單獨精密的印感，大抵都是安排得很巧妙的。現在即舉那煤坑伏婁(Voreux)為例，這差不多是《萌芽》中的主角，比書中別的個人還要重要。描寫並沒有什麼趣味，但是都很精細，末了把那煤坑象徵作一個龐大的偶像，吃飽了人血，蹲伏在它的神祕的龕裡。凡遇左拉要把伏婁提出來的時候，他便用這個公式。對於書中的別的物質腳色，也是如此，不過略輕一點。有時候寫著群眾，這個公式只是一句呼聲。在《娜娜》的精巧的結束裡狂呼「到柏林去」的巴黎群眾即是如此，在《萌芽》裡呼噪要麵包的罷工的人們也是一樣。這與狄更斯等所濫用的，一句話或一種手勢之狡獪的複述並不相同；乃是一種精心結構的重要語句的巧妙的操縱。左拉大約是第一個人，初次這樣精細整齊地採用這種主題到文藝裡來，當作總結複雜的描寫，使讀者得到整個的印象之一種方法。他用這手段想減少他的作法的許多缺點而使複雜的記述得以集中。他有時候只須適宜地應用主題的複述，便可得到銳利而單純的印感。而且他又有時能夠丟掉他的詳細描寫的方法，得到強烈的悲劇的力量。默格拉的屍首被殘毀的一節，是以前小說裡所不能描寫的場面。有了題材，左拉的處置是簡要有力而且確實，這只有大藝術家才能如此。左拉是他的藝術範圍內

的大家，《酒店》與《萌芽》——據我讀左拉的經驗，這似乎是他最精美的兩部著作，——便足以證明這句話了。這些作品與普通小說的關係，正如華格納（Wagner）的樂劇與普通的義大利歌劇相比一樣。華格納比左拉在藝術上達到更高的地位，他比左拉更能完全把握住他所取在手中想要融合的一切原質。左拉還未曾澈底明白地看到科學的觀點，以及與小說融和的能力之限度；他又未曾完全確實地看定藝術的目的。在他的龐大的文學的建築之中，他留下太多的木架矗立在那裡；書中有太多的只是粗糙的事實，還未製作成藝術的那些東西。但是，即使左拉不是世界最大藝術家之一，我不相信我們能夠否認他是一個藝術家。

但是從純粹的藝術觀點上來看左拉，實在是幾乎等於不曾看見他。他在世界上以及文學上的重要關係並不全在他的運用材料的方法，——例如在龔固爾兄弟（Goncourts），便是重在這一點，——而在於材料本身與所以使他選擇這些材料的心機及思想。那些一大堆的大冊即是一種獨創的豐富的氣質之火山的噴出物。要想理解那些書，我們必須先一研究這個氣質。

在左拉身內，積蓄著一種豐裕而混雜的民族的精力。含有法國義大利希臘的分子，——母親是法國波思中部的人，其地生產五穀較智慧為多，父親系義大利希臘的混血種，是一個工學的天才，具有熱烈的魄力與偉大的計畫，——左拉一人很奇異的混合了各種才力，不過這或者不是一種很好的混合。我們

■ 論左拉

覺得父親裡的工程師性質在兒子裡也很有勢力，不必一定由於遺傳，或者只因幼年的接近與熟習所以如此。少年的左拉是一個柔弱的小孩，也不是成績很好的學生，雖然他有一回得到一個記憶力競爭的獎賞，那時他所表示出來的才能是在科學方面；他並沒有文學的傾向。他之所以從事於文學，似乎大半因為在一個窮苦的書記的手頭，只有紙筆最便，可以運用罷了。在他的著作上我們仍能偵察出工學的傾向來。正如赫胥黎的天性都傾向於工學，常在生理學裡尋求有機體的結果，所以左拉也常在尋求社會有機體的結果，雖然他的科學訓練不很充足。路公麥凱耳家的歷史乃是社會數學的一種研究：假定某家族有什麼特性，那麼兩種特性接觸有怎樣的遺傳的結果呢？

因此造成左拉的性格者先有這兩個主因，其一是這民族性的奇異的混合，有如一片沃土，只須有新的種子即能生長，其二是那從工學的及物質的觀點觀察一切之本能的傾向。此外在幼年時代又加上第三個主因，在三者之中實最重要。左拉在他父親死後，從童年直到少年，非常貧苦，幾乎窮到受餓，這正是體麵人的可怕的貧窮。他的著作的性質與他對於人世的觀察顯然很受幼時長期飢餓的影響。那個怯弱謹慎的少年，——因為據說左拉在少年及壯年時代都是這樣的性質，——同著他所有新鮮的活力被關閉在閣樓上，巴黎生活的全景正展開在他的眼前。為境遇及氣質所迫，過著極貞潔清醒的生活，只有一條快樂的路留下可以享受，那便是視官的盛宴。我們讀他的書，

可以知道他充分地利用，因為《路公麥凱耳叢書》中的每冊都是物質的觀象的盛宴。

　　左拉終於是貞潔，而且還是清醒，——雖然我們聽說在他質素的午餐時，他那陰鬱乖僻的面色轉為愉悅像是饕餮家的臉一般，——但是這些早年的努力，想吸取外界的景象聲音，以及臭味，終於成為他的一種定規的方法。劃取人生的一角，詳細紀錄它的一切，又放進一個活人去，描寫他周圍所有的景象，臭味與聲音；雖然在他自己或者全是不自覺的，這卻是最簡單的，做一本「實驗的小說」的方劑。這個方法，我要主張，是根於著者之世間的經驗而來的。人生只出現為景象聲音臭味，進他的閣樓的窗，到他的面前來。他的心靈似乎是中心餓著，卻駐在五官的外面。他未曾深深地嘗過人生的味，他並不積下純粹個人的感情的泉，大藝術家都從這裡汲起寶貴的液，即以作成他們作品中的清澈的活血。在這一點上，他與現代的別個大小說家，——也是一個全世界有影響的火山性的威力，——怎樣地不同呵！托爾斯泰在我們面前，顯出是一個曾經深沉地生活過的人，對於人生懷著一個深廣的飢渴而已經滿足了這個飢渴的人。他熱望要知道人生，知道女人，酒的快樂，戰爭的兇暴，田間農夫的汗的味道。他知道了這些東西，並不當作做書的材料，只是用以消融個人的本能的欲求。在知道這些的時候，他就積蓄下許多經驗，日後做書時逐漸取用，因此使那些作品有那種特別動人的香味，這隻在往昔曾經親自

論左拉

生活過的事物才能如此。

左拉的方法卻正是相反;他想描寫一所大房子的時候,他坐在孟尼亞先生的宮殿似的住宅外面,獨自想像屋內華麗的陳設,到後來才知道自己所寫都與事實不符;在寫「娜娜」之前,他託人介紹去見一個妓女,總算同她吃了一餐午飯;他在《潰敗》(*La Débâcle*) 裡記述一八七〇年的戰事,他的勤勞的預備只是限於書本檔案以及間接的經驗;他要描寫勞工的時候,他跑到礦裡和田間去,但是似乎不曾作過一天的工。左拉的文學方法是一個暴發戶 —— 想從外邊挨擠進去,不曾坐在生活的筵邊,不曾真實地生活過的人的方法。這是他的方法的弱點。這卻又是他的好處。在左拉著作裡沒有像托爾斯泰著作裡所有的那種饜足之感。我們因此可以了解,為什麼托爾斯泰自己推許左拉為當時法國真是有生氣的一個小說家,雖然他們的文學方法是如此不同。那個受餓的少年,眼巴巴地望著可見的世界,因了他理智的貞潔獲得了一種報酬;他儲存了他的對於物質的東西的清楚的視力,一種熱心的,沒有滿足的,無所偏倚的視力。他是一個狂熱信徒,在他的忠誠於人生的各方面這一點上。他歷來像古代小說裡的最勇的武士為他的愛人名譽而戰一樣地爭鬥,也曾受過侮辱比他們所受的更多。他在一篇論文裡極憤怒地叫道,「他們把我們的廁所都裝鐵甲了!」這便是那狂信者嚴肅的決心的一個妙例,不準有什麼障隔設立起來,以致隔絕外界的景象與臭味。他的對於人生之強烈的飢渴將她那新

鮮的元氣與不可壓伏的活力給與他的著作了。

關於這個不曾滿足的活力，事實真是如此，正如關於這些活力所常有的事；這雖然犧牲了所能有的優美，卻因此儲存了她的壯健。在他的猛烈的視力與其「工作，工作，工作！」的福音裡，都含有一點苦味。這令人想起一種狂暴的攻城，在攻者也已熟知這城是上不去的。人生並不是隻靠感覺所能了解；在那裡常有些東西，即使竭盡耳鼻目力都不能攫住的；一個平衡的心靈，並不單靠五官的記憶，卻又靠那運動的與情緒的活力之滿足，才能建造起來。這個重要的事實，即使我們在想說明左拉事業內積極的原素的時候，也必當面著的。

左拉對於他同時的以及後代的藝術家的重要供獻，以及他的給予重大激刺的理由，在於他證明那些人生的粗鄙而且被忽視的節目都有潛伏的藝術作用。《路公麥凱耳叢書》在他的虛弱的同胞們看來，好像是從天上放下來的四角縫合的大布包，滿裝著四腳的鳥獸和爬蟲，給藝術家以及道德家一個訓示，便是世上沒有一樣東西可以說是平凡或不淨的。自此以後別的小說家因此能夠在以前絕不敢去的地方尋到感興，能夠用了強健大膽的文句去寫人生，要是沒有左拉的先例，他們是怕敢用的；然而別一方面，他們還是自由地可以在著作上加上單純精密與內面的經驗，此三者都是左拉所沒有的特色。左拉推廣了小說的界域。他比以前更明確更徹底地把現代物質的世界拿進小說裡來，正如理查特孫（Richardson）把現代的感情世界拿進小說

論左拉

來一樣,這樣的事業當然在歷史上劃一時代。雖然左拉有許多疏忽的地方,他總給予小說以新的力量與直截說法,一種強健的神經,——這固然不易得到,但得到之後我們就可以隨意地使它精煉。他這樣做,差不多便將那些崇奉小說家訣竅的不健全的人們,那些從他們的空虛裡做出書來,並沒有內面的或外面的世界可說的人們,永遠地趕出門外去了。

左拉的喜歡詳細描寫,的確容易招人嚴厲的攻擊。但是我們如不把它當作大藝術看,卻看作小說的進化上的一個重要時期,那麼它的描寫也就自有理由了。這樣猛烈地去證明那全個現代的物質世界都有藝術的用處這個主張或能減少著者的技巧之名譽,但這卻的確地增加主張的力量了。左拉的詳細描寫——那個浪漫運動的遺產,因為他正是這運動的孩兒,——很公平地普及於他所研究的人生的各方面,礦中的工作,巴拉都山的植物,以及天主堂的儀式。但是反對派所攻擊最力者,並不在於這些無生物的描寫與人類之工業及宗教活動的精細記述。他們所反對的卻在左拉之多用下等社會的言語以及他的關於人類之兩性的及消化作用的描寫。左拉多用隱語——民眾的隱語,——在研究下等社會生活的《酒店》內最多,其餘的書裡較少一點。《酒店》一書在許多方面是左拉最完全的著作,它的力量大部分在於他的能夠巧妙地運用民眾的言語;讀者便完全浸在如畫的,強健而有時粗鄙的市語的空氣中間。在那書裡,雜亂重複地裝著許多粗話惡罵以及各種不同的同意語,未免缺

乏一種藝術上的節制。但是那些俗語達到了左拉所求的目的，所以也就自有存在的價值了。

我們把這個運動看作對於過分的推敲之一種反抗，覺得更有關係。那種修辭癖主宰法國言文將近三百年，一面把它造成細緻精密的言語，適宜於科學的記述，卻因此也使它變壞，若與最於左拉有影響的古典文學家拉伯雷（Rabelais）蒙田（Montaigne）或莫里哀（Molière）所用的言語相比，便覺得缺少彩色與血了。十九世紀的浪漫運動的確將彩色加進言語裡去了，但不增加進什麼血去；而且這又是一種外來的熱烈的彩色，不能永久地滋養法國言語的。因過於精煉而變成貧血的言語，並不是用了外來的奢侈品所能治療，只有增加言詞的滋養成分才行；左拉走到人民的俗語裡去，這路是很對的，因為那些言語大抵是真正古典的，而且常是非常壯健。他有時的確不很仔細，或者不很正確地運用市語，有時把只是暫時發生的言詞過於看重。但是主要的目的是在給俗語以文學上的位置與聲勢；——這些文句雖然原有可驚的表現力，卻被大家非常看輕了，只有一個第一流的而且又有無比的大膽的文人才敢把它們從爛泥裡拾起來。這件事左拉已經做了；在他後面的人就很容易補他的不足，去加以審慎與判斷了。

左拉的關於兩性的及消化機能之寫法，如我所指出，最受批評家的攻擊。我們稍一思索，即知這兩種機能正是生活的中心機能，飢與愛之兩極，全世界即繞之而旋轉的。在平常社會

■ 論左拉

表面的交際上，我們所想要逐漸地粉飾隱藏過去的東西，正是這兩種機能方面的事情，這也本是自然的。說及這兩方面，常有一種省略及迂迴之傾向；在社會上，這個影響未嘗有害，而且還是有益。但是它的勢力還不斷的伸到文學上來，於是這就很有害了。有幾個大著作家，都是第一等的古典文學家，因為反抗這個傾向，也就走到兩極端去。第一種是「穢語症」(Coprolalia)，常喜講及兩便，這在拉布來可以看出若干，在那半狂的斯威夫德 (Swift) 更為明瞭；這種癖氣，如完全發達，將成為一種不可抑制的本性，有些狂人就是如此。第二種是「意淫」，常是環繞著性的事情，卻又很膽怯的不敢直達；這種暗摸婦女裙袋的態度在斯登 (Sterne) 裡找到文學上的最高代表。同糞便隨喜一樣，這種意淫到了不可抑制，也是狂人的一種特徵，使得他們到處都看出色情來。但是這兩種極端的傾向並不見得與最高的文藝不能相容。而且它們的最顯著的首領都是教士，上帝的照例的代表。無論左拉在這兩方面如何放肆，他總還在普通所承認為好社會的裡面。他在這幾點上不曾追上拉布來長老，斯威夫德主教與斯登教士；但他有點失了均衡的藝術之節制，那是無可疑的。在這一面他過重營養方面的醜惡的事，在那一面又帶了貞潔生活之怯弱的遐想，過重肉的生活之暴露。他這樣做的確不免表示出他藝術的一種軟弱，雖然他推廣文藝的用語與題材的範圍之功績並不因此有所減少。我們如記住有許多文藝界的有冠帝王都同左拉一樣地走近這些題材，卻比他

更不端莊，我們就覺得關於這個問題更不必對他多所吹求了。

推廣用語的範圍是一件沒有人感謝的事，但年長月久，虧了那些大膽地採用強健而單純的語句的人們，文學也才有進步。英國的文學近二百年來，因為社會上忽視表現，改變或禁用一切有力深刻的言詞之傾向，狠受了阻礙。倘若我們回過去檢查喬叟（Chaucer），或者就是莎士比亞也好，便可知道我們失卻了怎樣的表現力了。實在我們只須去看我們的英文聖書。英文聖書的文藝上的力量，大半在於此二者：其一是它的非意識的講究風格，這個要求在成書的那時候恰巧正布滿世間；其一是它的用語的簡單直截無所羞恥的魄力。倘若發見聖書這件事留下給我們來做，那麼無論那一種英譯本將非由非公開的學會定價很貴地出版不可，因為恐怕落在英國夫人們的手裡。這是我們英國人喜歡調停的緣故，所以在一禮拜的一天裡可以把一把鐵鏟叫做鐵鏟，但在別的時候卻斷乎不可；我們的鄰人他們的心思組織得更是合理，稱這種態度作「不列顛的假道學」。但是我們的心的隔壁還是水洩不通的堅固，大概說來，我們實在比那沒有聖書的法國人還要弄得不行。例如我們幾乎已經失卻了兩個必要的字「肚」與「腸」，在《詩篇》中本是用得很多而且很美妙的；我們只說是「胃」，但這個字不但意義不合，至少在正經的或詩趣的運用上也極不適宜。凡是知道古代文學或民間俗語的人，當能想起同樣地單純有力的語句，在文章上現已消失，並不曾留下可用的替代字。在現代的文章上，一個人只剩了兩截

論左拉

頭尾。因為我們拿尾閭尾做中心,以一呎半的半徑 —— 在美國還要長一點,—— 畫一圓圈,禁止人們說及圈內的器官,除了那打雜的胃;換言之,便是我們使人不能說著人生的兩種中心的機能了。

在這樣境況之下,真的文學能夠生長到什麼地步,這是一個疑問,因為不但文學因此被關出了,不能與人生的要點接觸,便是那些願意被這樣地關出,覺得在社會限定的用語範圍內很可自在的文人,也總不是那塑成大著作家的勇敢的資料所製造出來的了。社會上的用語限定原是有用的,因為我們都是社會的一員,所以我們當有一種保障,以免放肆的俗惡之侵襲。但在文學上我們可以自由決定讀自己願讀的書,或不讀什麼亦無不可;如一個人只帶著客廳裡的話題與言語,懦怯地走進文藝的世界裡去,他是不能走遠的。我曾見一冊莊嚴的文學雜誌輕蔑地說,有一女子所作某小說乃論及那些就是男子在俱樂部中也不會談著的問題。我未曾讀過那本小說,但我覺得因此那小說似乎還可有點希望。文學當然還可以墮落到俱樂部的標準以下去,但是你倘若不能上升到俱樂部的標準以上,你還不如坐在俱樂部裡,在那裡談天,或者去掃外邊的十字路去。

我們的大詩人大小說家,自喬叟至菲耳丁(Fielding),都誠實勇敢地寫那些人生的重大事實。這就是他們之所以偉大,強壯地健全,光明地不朽的緣故。設若假想在他們並沒有含著什麼勇敢,那是錯了;因為雖然他們的言語比現在更為自由,他

們敢於模造那個言語使適用於藝術，使文藝更與人生接近，卻已超過他們的時代了。這就是在喬叟也是如此；試把他與他同時以及後代的人相比較，試看他怎樣地想和緩讀者的感受性，消除「高雅」人們的抗議。在無論什麼時期，沒有偉大的文學不是伴著勇敢的，雖然或一時代可以使文學上這樣勇敢之實現較別時代更為便利。在現代英國，勇敢已經脫離藝術的道路，轉入商業方面，很愚蠢地往世界極端去求實行。因為我們文學不是很勇敢的，只是幽閉在客廳的濁空氣裡，所以英國詩人與小說家沒有世界的勢力，除了本國的上房與孩兒室之外再也沒人知道。因為在法國不斷地有人出現，敢於勇敢地去直面人生，將人生鍛接到藝術裡去，所以法國的文學有世界的勢力，在任何地方只要有明智的人都能承認它的造就。如有不但精美而且又是偉大的文學在英國出現，那時我們將因了它的勇敢而知道它，倘或不是憑了別的記號。

　　言語有它極大的意義，因為這是人的最親密的思想的化身。左拉的風格與方法都很單調，倘若我們知道了他的祕密，這種單調便將使他的書不堪卒讀；書中所說的主旨也總是一樣：便是自然生活的精力。凡是壯健者，凡是健全地豐滿者，無論健全的與否凡是為猛烈的生活力所支配者，關於這些事物左拉總是說不厭的。《土地》（*La Terre*）的絕妙的開場，描寫少女趕一頭春情暴發的母牛，往養著種牛的田莊去，隨後又引她安靜的回來，這一節文章可以象徵左拉的全個宇宙觀了。一切的自然

論左拉

的力，在他看來都是迫於生殖欲而奔竄，或是滿足了慾望而安息。就是那大地自身，在《萌芽》的結末裡說，也孕著人類，在土內逐漸萌芽，到了一日便從坑中擁出，重新這老世界的垂亡的生命。在人與動物，機械以及一切物質上表現出來的自然力，永遠在那裡受孕與生殖：以這個意思為主，左拉確是收了他最大的效果，雖然其構成的分子分別看來並不是怎樣優美，或有精微的見解，或是特殊的新奇。

我們在論左拉的時候，總常要想到這一件事：左拉所想做的事，大抵都有比他更能幹的藝術家更好地做成了。龔枯爾兄弟推廣言語的範圍，並及於特殊俗語，而且用了更精美雖然也更朦朧的藝術，面對左拉所面過的那些事實；巴爾札克（Balzac）創造同樣眾多而且活現的一群人物，雖然大半都從他的空想中取出；于斯曼（Huysmans）能夠更巧妙地把奇異或穢惡的景象印進人家腦裡；托爾斯泰更深地實現出人生來；福樓拜是大膽地自然主義的，而又有著那完全的自制力，這本是應與大膽同具的東西。在福樓拜那裡我們又看出與左拉相同的一種冷峭。

這個冷峭是左拉著作的一種獨有的特色。這正是那冷峭的力量，使他的著作具有那種優越與深刻。冷峭可以說是左拉著作的靈魂，他的對於人生的態度之表示。這個原因大抵與別的特色一樣，由於他早年的貧窮以及與人生經驗的隔離。在他揭出人間的殘酷利己與卑劣的寫法上有種兇厲的公平，一個被關出在外的人的公平。他的冷峭之酷烈在這裡卻與他的自制相

等。他把冷峭集中於一言一笑一動的上面。左拉的確相信一個改革過的或竟是革命過的未來社會,但是他沒有什麼幻覺。他只照他所見寫下一切的情形。他對於勞動階級並無特別感情,他不曾寫璞玉般的人們。這在《萌芽》裡邊很是明瞭。在這書裡現代資本主義問題的各面都曾說及,那些溫和的股東階級,不能夠想到此外有一個社會,大家不能靠花紅過日或者有時做點慈善事業的社會;那些官吏階級,懷著言之成理的意見,以為他們是社會所必需,責在彈壓工人,維持秩序的;還有那些工人,有些變成兇惡,有些像啞口畜類地受苦,有些攀住了領袖,有些狂暴的反抗,少數則盲目地奪爭想得公道。

在左拉的公平裡沒有什麼漏洞;《萌芽》裡的主角闌提亞——那個煽動家,誠實的反抗迫壓,心裡卻是無意識地有著中產階級的思想,——的性格逐漸的發達,似乎寫得非常的正確。照左拉看來一切都是一個壞的社會組織的犧牲,自為奴的工人以至過飽的廠主:唯一的合理的辦法是大掃除,把糠和稻草一併燒卻,重新耕地,長出優美壯健的種族來。這是左拉的態度之當然的結論,因為他看現代社會是一個極端惡劣的集團。他對於世間男女的哀憐是無限的;他的輕蔑也是一樣地無限。只有對於動物,他的憐惜才不雜著輕蔑;有幾節最可記唸的文章都是講著動物的受苦。新的耶路撒冷會成立起來,但那蒙穌的礦工絕不會走到;他們將在路上爭奪那中等階級的小而氣悶的別莊了。左拉把他的可憐而無情的冷嘲傾倒在柔弱無能多有過失

■ 論左拉

的人之子的頭上。因了這個道德的力,與他的火山似的豐富的才相聯合,才使他的影響出於別個藝術家之上,雖然比較起來他們要比他更為偉大。

　　以後世間未必還是繼續讀左拉的書罷。他的工作已經完成了,但是在十九世紀已經過去之後,他還當仍有他的興味。將來可以有許多材料,特別在日報裡邊,供給將來的史家去重新造出十九世紀後半的社會生活。但是那材料太多了,所以將來的史家或者要比現代的更為固執而且偏頗。想要得到那時期的重要方面的一個活現公平的圖畫——就大體上說,是一個誠實的圖畫,——雖然是從外面看去,卻是同時代的人所寫,把所有機密或醜惡的事情都描畫出來,未來的讀者最好是去找左拉了。倘若有一個十三世紀的左拉,我們將怎樣喜歡呵!我們將提心吊膽的讀黑死病的記事,其描寫之精密有如《酒店》中的十九世紀的酒精中毒。古代農奴生活的故事,同《土地》那樣詳細的記錄下來,當有不可比量的價值。倘若當時有了一部《銀》(*L'Argent*),古代的商人與重利盤剝的債主的情形在現在當不至那樣地朦朧不明瞭。修道院與禮拜堂還有一部分保留至今,但是沒有《萌芽》這樣的書存在,告訴我們那些鑿取石材,堆堆起來,加以雕刻的人們的生活與思想。這樣的記錄怎樣的可寶貴,我們只要想起喬叟的《坎德伯利故事》小引的無比的興味,就可以明白了。但是我們子孫的子孫,心中蓄著同樣的情感卻生活在截然不同的環境裡,將在《路公麥凱耳叢書》的書頁上,

184

得以重複置身於滅沒的世界之奇異遼遠的事情之中。這是古代小說裡的怎樣古怪而且可怕的一頁呀！

■ 論左拉

陀思妥耶夫斯基之小說

英國 W・B・Trites 著（《北美評論》七一七號）

近來時常說起「俄禍」。倘使世間真有「俄禍」，可就是俄國思想，如俄國舞蹈，俄國文學皆是。我想此種思想，卻正是現在世界上最美麗最要緊的思想。

試論俄國舞蹈。英法德美的舞蹈，現今已將衰敗，唯有尼純斯奇（Nizhinskij）所領的俄國舞曲，十分美妙，將使舞蹈的一種藝術，可以同悲劇與雕刻並列。

正如尼純斯奇指揮世界舞蹈家一般，世界小說家亦統受陀思妥耶夫斯基（Dostojevskij）果戈里（Gogolj）托爾斯泰（Ljov Tolstoj）屠格涅夫（Turgenjev）的指揮。《罪與罰》、《死魂靈》、《戰爭與平和》、《父子》與世界小說比較，正同俄國舞曲和平常舞蹈一樣的高下。

陀思妥耶夫斯基是俄國最大小說家，亦是現在議論紛紜的一個人。陀氏著作近來忽然復活，其復活的緣故，就因為有非常明顯的現代性。（現代性是藝術最好的試驗物，因真理永遠現在故。）人說他曾受狄更斯（Dickens）影響，我亦時時看出痕跡。但狄更斯在今日已極舊式，陀氏卻終是現代的，止有約翰

■ 陀思妥耶夫斯基之小說

生博士著《沙衛具傳》可以相比。此一部深微廣大的心理研究，仍然現代，宛然昨日所寫。

我今論陀思妥耶夫斯基，止從一方面著手，就是所謂抹布的方面。要知道此句意思，先須紹介其小說《二我》(Dvojnik) 中之一節。

「戈略特庚 (Goljadkin) 斷不肯受人侮辱，被人蹈在腳下，同抹布一樣。但是倘若有人要將他當作抹布，卻亦不難做到，而且並無危險，（此事他時常自己承認，）他那時就變成抹布。他已經不是戈略特庚，變成了一塊不乾淨的抹布。卻又非平常抹布，乃是有感情，通靈性的抹布。他那溼漉漉的褶疊中，隱藏著靈妙的感情。抹布雖是抹布，那靈妙的感情，卻依然與人無異。」

陀氏著作，就善能寫出這抹布的靈魂，給我輩看。使我輩聽見最下等最穢惡最無恥的人所發的悲痛聲音，醉漢睡在爛泥中叫喚，乏人躲在漆黑地方說話。竊賊，謀殺老嫗的兇手，娼妓，靠娼妓吃飯的人，亦都說話，他們的聲音卻都極美，悲哀而且美。他們墮落的靈魂，原同爾我一樣。同爾我一樣，他們也愛道德，也惡罪惡。他們陷在泥塘裡，悲嘆他們的不意的墮落，正同爾我一樣的悲嘆，倘爾我因不意的災難，同他們到一樣墮落的時候。

陀氏專寫下等墮落人的靈魂。此是陀氏著作的精義，又是他唯一的能事。偉大高貴的罪人，── 身穿錦繡珠玉，住在

白玉宮殿裡,自古以來怨艾其罪,——他的心理,早已有人披露。但是醉漢(靠著他賣淫的女兒,終日吃酒),當鋪主人(他十六歲的妻子,因不願與他共處,跳樓自盡),他們靈魂中,也有可怕的美存在。陀氏就寫出來給人看。

　　但空言無用,今且略譯陀氏名文數節為證,可知陀氏能描出墮落人物,他們也有靈魂,其中還時時露出美與光明。

　　如世間有個墮落的靈魂,那便是摩拉陀夫(Marmeladov)。我今所譯,便是《罪與罰》中名文,摩拉陀夫的一段說話。少年學生拉科尼科夫(Raskolnikov)走進酒店,方吸啤酒,有一人同他攀談,年紀五十以上,身穿破衣,已經半醉,卻曾受過教育。此人便是摩拉陀夫。摩拉陀夫吸著燒酒,一面談天,店主人同酒客都在旁邊聽他說,有時大笑,有時問他。今但摘述摩拉陀夫之言如下。

　　「我是一口豬。但是她,她是貴婦人。我的身上,已有了畜生的印記。我妻加德林(Katlin Ivanova),她是文明人,是官吏的女兒。我自己承認是個流氓。但我妻卻有寬大的心,微妙的感情,又有教育。阿,倘是她能夠可憐我呵!……但加德林雖有偉大的靈魂,卻不公平。她沒有一次可憐過我。但是……我的性格如此。我是一個畜生。

　　…………

　　我們住在冷屋子裡。今年冬天,她受了寒,咳嗽而且吐血。當初我娶她的時候,她是個寡婦,帶著三個小孩。她的前夫是步

陀思妥耶夫斯基之小說

兵軍官,同她逃走出來的。她敬愛她的丈夫。但這男子賭博,犯法,不久也就病死。臨了並且打她。……

她丈夫死後,孤另另止剩了一身,同三個小孩在一荒僻地方。我遇見她,就在那個地方。我現在也無心來描寫她那時候的苦境。……少年,我告訴你,於是我——一個鰥夫,有十四歲的一個女兒,——對她求婚,因為我看她苦難,十分傷心。她應許了我,哭哭啼啼,搓著兩手。但她終竟應許了我,因為她更沒別的地方可去。……

十足一年,我好好的盡我義務。但我後來失了地方,卻並不是我的過失。從此我便吃酒。……我們應該如何過活,我已毫不明白。

當時我的女兒,漸漸長成。她的後母如何待她,我不如不說罷了。……少年,你可相信,一個正直窮苦的少年女子,真能自食其力嗎?她倘沒有特別技能,每日可以賺到十五戈貝一戈貝約值一分,但便是這一點,亦……。而今小孩子餓得要死。加德林在房中走來走去,搓著手無法可施。她對女兒說,『懶骨頭,你一點事不做,在此過活,不羞嗎?』其時我睡在那裡。老實說,我可實在醉了。……那時正是五點過。我見蘇涅(Sonja,其女名為蘇菲亞之暱稱)立起來,戴上帽子,出門去了。

八點鐘,她才回來。她一直走到加德林面前,不作一聲,拿出三十銀盧布放在桌上,便將那綠色大手巾(這塊手巾,是闔家公用的什物),包在頭上,上了床睡下,面孔朝著牆壁,但

見她肩膀和身體,都微微的發抖。──至於我呢,仍然照舊睡著。──那時,少年,我見加德林立起,一言不發,跪在蘇尼契加(Sonetchka,亦蘇菲亞之曙稱)的小床旁邊。她跪了一晚上,在女兒腳上親吻,不肯起來。隨後她們都睡熟了,互相抱著,……她們兩個都……。我……我卻仍然如故,醉得動彈不得。……

誰還可憐我,像我這樣的人?先生,你現在能可憐我嗎?……你問,為何可憐我?是的,那是毫無理由。他們止應該釘殺我,將我掛在十字架上,不應該可憐我。……但是他,知道一切,愛憐人類的上帝,他可憐我。到了世界末日,他出來說,『那個女兒在那裡呢?她為了那可恨的,肺癆病的後母,同並不是她兄弟的小孩,犧牲她的身子。那個女兒在那裡呢?愛憐她的父親,不曾嫌棄那下作的酒鬼的那女兒。』他就又說,『你來。我一切赦免你了。因為你的愛力,你的罪也一切離了你。』一切的人,統要歸他裁判。他將赦免一切,善的惡的,智的愚的,都被赦免。他裁判已了,輪到我們。他說,『你們也來。你們酒鬼,你們乏人,你們蕩子,統向我來。』我們便上前去,毫不怕懼。他又說,『你們統是豬。你們都印著畜生的印記在身上。但是一樣的上來。』其時那賢人智者便問,『上帝呵,你為何容受他們呵?』他答說,『阿,你們賢人呵,你們智者呵,我容受他們,因為他們相信自己當不起我的恩惠。』於是他張了兩臂向著我們,我們都奔就他,大家都哭了,明白一切了。那時人人

都將明白一切。加德林,她也將明白。上帝呵,你的天國快來呵!」

此是陀氏最有名的一段文字。你倘同俄國人談起陀氏,他便熱心問你,你記得《罪與罰》中摩拉陀夫的一段說話嗎?你點點頭。他又問你讀的是那一國文。你說或英,或法,或德,他便嘆著說,「唉,這要從俄文讀,才能完全賞鑑他的好處。」所以我對於上面摘譯,十分抱歉。但我的摘譯雖有許多漏略,十分拙滯,讀者總可因此略知其中的精意。你看陀氏能夠就摩拉陀夫心絃上,彈出新聲,如何美麗,如何傷心而且可怕!

摩拉陀夫的人不能得一般讀者的同情。他並非少年,可望改良,因他已經五十多歲。又是個酒鬼,吃了爛醉,睡在家裡,醒來便拿了他妻子的一雙襪子,又偷偷的走到酒店裡去,否則跟著他賣淫的女兒討酒錢去吃酒。就是同拉科尼科夫談天時所吃的半瓶酒,正用他女兒錢袋底裡的三十戈貝買的。摩拉陀夫的人,實在不能求諒於世間一般的人。他簡直止是一塊抹布。但他自己覺得他的墮落。正同爾我一樣,倘是我輩晚年遇著不幸,墮落到他的地步。

《罪與罰》一部小說,就是申明上文所說陀氏精義的書。這宏大長篇的小說,說一謀殺的案情。一個放債老嫗同她姊妹,被一少年學生心想謀財,害了性命。這件謀殺,實在寫得血淚模糊,恐怖悲哀,非常猛烈。試看老嫗的姊妹被害光景,如何慘痛。

「少年騎在她身上,手中舉著斧頭。那不幸婦人的唇吻間,露出那一種可哀的表情。大凡小孩受驚時,眼睛看著他所怕的東西,剛要哭出來,臉上常有這一副情形。」

此後警察四面探查,犯人終於逮捕。這就是《罪與罰》結構的大略。如此案情,倘使現代小說家看見,又將如何?他們不去理他,因為太粗俗下等,看不入眼裡。柯南達利(A·Conan Doyle)或來試試,將他做成一部平庸的偵探小說,亦未可知。但陀氏自出心裁,先寫謀殺情形,次寫偵探行動,那恐縮的犯人步步跟著他們走。如此,能夠作出一種新奇的恐怖,為平庸的偵探小說中所未嘗有。但卻不因此新奇的恐怖,使《罪與罰》不朽。使《罪與罰》不朽者,止在書中謀財害命的犯人表示他靈魂給我們看。他的靈魂,卻正同戈略特庚,摩拉陀夫一樣,又正跟我的或你的靈魂一樣。

《克羅加耶》(「Krotkaja」)是陀氏最美的一篇短篇小說。其中說一軍官,因為懦怯不敢決鬥,被逐出了軍隊,經過多年窮困恥辱之後,開了一間當鋪,漸漸小康。一天有一個十六歲的美少女,來當一支不值錢的銀針。她孤煢貧困,正想尋一女師的位置。當鋪主人借了她幾次,日日看她報上的廣告,日日逐漸的絕望。案原書第一章述初次廣告云少年女師願旅行俸面議未幾改日少年女士願任女師女伴看護婦縫女末乃續其後日不需俸給但求食宿而位置終不可得云。末次來店時,當鋪主人便向她求婚。她別無依賴,沒法,便應允了。

陀思妥耶夫斯基之小說

此篇結構極奇，是一篇獨白（Soliloquy）的形式。當鋪主人滿腔悲苦，在房中且走且說，他妻子的屍首臥在兩張板桌上。她因為要逃脫這不幸的婚姻，已從樓窗跳下死了。

中年的當鋪主人，書中寫得甚好。他對妻子的嚴厲，是故意的，本意卻仍是為他妻子的益處。我想世界少婦，像克羅加耶一樣，在老夫手中受那好意的嚴厲待遇者，大約不少。當鋪主人實在寫得甚好。但克羅加耶又加一等，真可稱得傑作！

要畫少女，這筆尖須蘸著神祕，清露和朝靄。其中神祕卻最要緊。易卜生（Ibsen）六十五歲時與十七歲少女有奇怪的戀愛事件之後，在希爾達（Hilda Wangel）身上，寫出一極妙少女，所有神祕完全都在，克羅加耶亦是如此。但陀氏寫《克羅加耶》試了兩次，所以共有兩篇。第一篇在《文人日記》中，篇幅甚長，將那少女細細分解。少女宛然活在紙上，但那一種朦朧可愛的神祕，卻是沒有，所以算不得成功。

陀氏後來改作《克羅加耶》，將分解一切刪去。寫得克羅加耶沉默，美，而神祕，結果乃成一完全的傑作。克羅加耶同希爾達比街上走過的明眸巧笑的少女，更覺活現，更覺多有生氣。

《加拉瑪淑夫兄弟》又是一部描寫墮落的靈魂的小說。我以為其中最巧妙處，卻是寫波蘭人的一節。格魯兼加（Grutchka）為少女時，曾被一波蘭人所誘，別了六七年，男子又回來訪她。當初在她純潔的眼光中，看那男子是個高尚優良的人物，即在現時，卻還愛他，而且已經預備嫁他。豈料這波蘭人竟是一

個俗惡的騙子。他同著一個黨羽回來，專來謀吞格魯兼加的金錢。這波蘭人舉動，如假裝財主的那拙劣計畫，打瞞天詆時裝出的那莊重情形，賭博作弊被人發見時那強項態度，統寫得甚好。格魯兼加知道底細，斥逐他時，他便來向她詐錢。

「他寫信來，口氣狠大，要立逼著借二千盧布。沒有回信，他卻並不失望，仍然屢次寫信來逼。口氣仍舊狠大，可是銀數漸漸減了。他初說一百，隨後說廿五，隨後說十個。到臨了，格魯兼加接到一信，那兩個波蘭人請她借一盧布，給兩人分用。」

兩個傲慢的冒險家，至於請求一個盧布兩人分用，——這一段巧妙的描寫，陀氏能夠令讀者發起一種思想，覺得書中人物與我們同是一樣的人。這是陀氏本領，不曾失敗過一次。他寫出一個人物，無論如何墮落，如何無恥，但總能令讀者看了嘆道，「他是我的兄弟。」

譯者案，陀思妥耶夫斯基 (Fjodor Mikhajlovitch Dostojevskij 1821 － 1881) 自幼患顛癇，二十七歲時以革命嫌疑判處死刑，臨刑，忽有旨減等，發往西伯利亞，充苦工四年，軍役六年，歸後貧病侵尋，以至沒世。今舉其代表著作如左，

一　苦人 (Poor People) 一八四六年

二　死人之家 (The House of the Dead) 一八六一至二年

三　罪與罰 (Crime and Punishment) 一八六六年

四　白痴 (The Idiot) 一八六八年

■ 陀思妥耶夫斯基之小說

　　五　加拉瑪淑夫兄弟（The Brother Karamazovs）一八七九至八〇年

　　以上五種可以包括陀氏全體思想。其最重要者為《罪與罰》，英法德日皆有譯本各數種。漢譯至今未見，亦文學界之缺憾也。

　　《罪與罰》記拉科尼科夫謀殺老嫗前，當時，及其後心理狀態，至為精妙。英國培林（M·Baring）氏云，「此書作時，心理小說之名，尚未發明。但以蒲爾基（Bourget）等所著，與此血淚之書相較，猶覺黯然減色矣。」然陀氏本意，猶別有在。《罪與罰》中記拉科尼科夫跪蘇涅前，曰「吾非跪汝前，但跪人類苦難之前」。陀氏所作書，皆可以此語作註釋。

　　拉科尼科夫後以蘇涅之勸，悔罪自首，判處苦工七年，流西伯利亞，蘇涅偕行，拉科尼科夫向上之新生活即始於此。原文末節云，

　　「七年，——不過七年！他們當初快樂，看這七年止如七日。他們不曉得，新生活不是可以白得的，須出重價去買，須要用忍耐，苦難同努力，方能得來。但是現在，一部新歷史已經開端。一個人逐漸的革新，緩慢而確實的上進，從這一世界入別一未知世界的變化，這可以做一部新小說的題目。但我所要說給讀者聽的故事，卻在此處完結了。」

　　在西伯利亞情狀，陀氏本其一己之經驗，記載甚備。至於七年後之新歷史，則未著筆，托爾斯泰氏乃完成之，《復活》所記納赫魯陀夫（Nekhludov）事是也。

《克羅加耶》凡二卷十章。上捲回憶結婚緣起,以至決絕,下卷則述改悔復和及女之自殺。其中當鋪主人雖齷齪小人,然殊愛其妻,終亦改善,將閉店散財,以別求新生活。克羅加耶亦感其意,允為夫婦如初,顧終竟不能愛之,自審難於踐約,遂抱聖像墜樓而死。陀氏於此,意謂雖在鄙夫,靈魂中亦有潛伏之愛,足與為善。一面又示無愛情結婚之不幸,蓋女能忍其夫之憎惡,而不能受其夫之撫愛,至以死避之。原書末章當鋪主人之言曰,

「我妻,你盲了。你死了,不能再聽見我的說話。你不知道,我原想把你放在如何一個樂園中呵!我心中已現出一個樂園,我亦想造個樂園給你住。或者你不愛我,但此亦無妨。倘你自己願意,我們原可以同從前一樣的相處指決絕後別居時事,你就止跟我談天,同朋友一樣。我們仍舊能夠愉快,相視而笑,安樂度日。倘你或愛著別人,——這恐是必然的事情,——你可以去同他散步,同他談笑。我止立在路旁看著你。阿,這也無所不可,止要你肯再開一開眼,就一刻也好呵!你可能再注目看我,像幾分鐘前你立在這裡,對我說仍為我的誠實的妻那時候呵。阿,你止要再開一開眼,一切事情,就都可明白了。

阿,虛無呵!自然呵!止有人類住在地上,同他的一切苦難。俄國古英雄說,『這平原上還有一個活人嗎?』現在說這話的是我,不是個英雄。沒有人來答應我的呼喚。他們說,太陽放生命入宇宙。他上來。人看見他。但他不是也是死的嗎。凡物都

是死了，到處都是死人。止有人類在這裡，頂上伏著個大大的沉默。這就是世界！『人呵，你們應該相愛。』這是誰說的？是誰的命令？時辰表的振子，還是蠢蠢的，惡狠狠的擺個不住。現在是早上兩點鐘了。她的小靴立在床邊，好像在那裡等她。唉，——但是，實在，……明天他們抬她去後，我卻怎麼了？」

　　其言悲涼殊甚，讀《克羅加耶》者，對於當鋪主人，又不能不寄以同情焉。

俄國革命之哲學的基礎

英國 Angelo S・Rappoport 著
（一九一七年七月 The Edinburgh Review）

人常常說十八世紀的法國哲學者，對於法國大革命，沒有什麼貢獻；即使盧梭不曾著作，民主主義也早晚總要出現。不安不滿足的精神，久已充滿國內；一七五三年 Lord Chesterfield 到法國時，曾說所有政府大變革以前的徵候，都已存在。所以 Voltaire，Rousseau，Condorcet，Mably，Morelli 等一群人，不過是發表這隱伏的感情，叫了出來罷了。但我想，這或者不如這樣說，倒較為的確；法國哲學者將新思想散布在豫備好的熟地上，播了革命的種子。俄國的哲學者，對於本國，也正盡了同一的義務。俄羅斯——真的俄羅斯，不是羅曼諾夫王朝的俄羅斯，——希望改革，已經長久了；俄國哲學家的功績，便在指導他，使民眾心裡的茫漠的希望，漸漸成了形質。

加德林二世的時代，十八世紀的政治，社會，哲學各種思想，在俄國得了許多信徒。但能完全理解 Voltaire 與百科全書派學說的人，卻狠不多。只有結社的影響，較為久遠。俄國祕密結社，並不違背基督教，反以此為根據；所重在個人的完成，對於政治社會的改革，還不十分置重，但在當日政治及社會思

俄國革命之哲學的基礎

想上，也間接造成一種影響。他們竭力反抗國民的與宗教的狂信，自然不得不指出現存的弊害，判他的罪惡。他們的事業所以也就是破壞與建設兩面。德國的黨會，多有神祕性質；在俄國便變了一種倫理的組織的運動，聚了許多有思想，有獨立的判斷力的人，使他們在民眾上，造成一種極大的影響。

加德林二世時黨會裡面，最重要的人物是 Novikov。在他的報紙 Utrenyj Sujet 上，非但提倡高等的倫理思想，而且竭力攻擊女王的外交政策，與因此引起的戰事。他說，戰爭這事，除了自衛之外，是應該避忌的。加德林當初也是 Voltaire 的弟子，Diderot 的朋友，所以也任憑他做這些博愛的事業。但法國革命起後，便變了心思了，她看了社會的獨立思想的發表，都認作一種政治的煽動；所以會所一律封閉，Novikov 雖然已是老年，也投入 Schlüsselberg 獄中了。他的著作，可以算是俄國獨立思想的萌芽，希求自由的第一叫聲。這思想還是矇矓茫漠，又多偏於慈善的與倫理的一面，因為他還不敢將改造社會國家這兩項，列入他的宗旨裡去；但這總是一種破壞運動，在俄國造成獨立的輿論，就為一切社會改革上供給一種必須的數據。

在加德林的末年，微弱的聲音，要求社會改革，漸漸起來了。俄國有智識的人，受了 Rousseau 影響，知道一切的人，本來都是平等，如今看了少數的人奢華度日，多數的人餓著，覺得不甚正當。這革命思想的前驅中最有名的，是 Radishchev，曾經模仿 Sterne 的《感情旅行》，作了一部《莫斯科聖彼得堡旅

行記》。他雖然反對專制，但不敢要求政治的改變；他只注重在說田村改革的必要。他並不組織什麼黨會，不過發表公同的意見。那時俄國有智識的人，受了西歐的哲學，政治，社會上各種主義的影響，大抵都是這樣思想。可是他卻因此終於被捕，審問之後，定了死刑；加德林算是很慈仁的，將他減罪，改為西伯利亞十年的徒刑。保羅一世將他母親所罰的人，多放免了，也將他叫了回來。亞力山大一世又召他編訂法律。但 Rad-ishchev 覺得自己急進的意見，不能與當日的俄國相容，絕望厭世，在一八〇二年九月自殺了。

俄國第一次真正的革命運動，要算是一八二五年的十二月黨的起事。這是一群貴族軍官所結的黨會；他們在抵抗那頗侖並聯軍占據法國的時候，吸收了西歐自由的民主思想。這時候，他們對於亞力山大一世的希望，已經完全破滅；從前的 La Harpe 譯者案此人本瑞士人屬法國查可賓黨為亞力山大一世的師傅之弟子，於今締結神聖同盟，變了一個極端的頑固黨了。這群軍官組織了一個祕密會，希望本國改行西歐自由的民主的制度。十二月十四日 —— 十二月黨的名稱，便從此出，—— 在伊撒街行了一個示威運動。這還未成熟的革命，終於壓服，流了許多血；五個首領處了絞刑，其餘的都送到礦洞裡 —— 帝制的乾燥的斷頭臺 —— 去了。

十二月黨人是俄國的革命的愛國者。他們的動機，全是對於本國的愛情，熱心希望完全的獨立。他們愛俄國的過去，

愛歷史上自強不撓的時代，所以他們希求平民議會的復活，Novgorod 政府時代的獨立強盛的再興。十二月黨雖然想採用西歐制度，但並非奴隸的模仿，原是主張依著本國情形，加以改變的。他們並不如大斯拉夫主義者一樣，相信俄國有特別的使命；但對於國民的物質與精神的能力，卻深信不疑。有幾個主張君主立憲，有幾個是純粹的民主黨人。對於當時的一派社會主義，大多數卻是反對。宗教上全是自然神教的信者（Deists），他們承認，如望在俄國建設起政治和社會的新制度，只有革命這一法。這次革命雖然很殘酷的壓服了，可是發生了極大的影響。正如 Herzen 說，「伊撒街的炮聲驚醒了全時代的人。」因為做了一個手勢，便遭流徙；為了一句話，便遭絞死；俄國少年很勇敢的與專制戰鬥。雖然有政府的迫害，中古式的虐待苦刑，繼以黑暗的壓迫時代，那十二月黨的思想，終於不能滅絕。好像一顆活的種子，埋在地下，等到三十年後，克利米亞戰爭的時候，又開起花來。

專制政治能夠箝制言論，但終不能禁止思想。俄國有知識的人，雖然嘴裡不能高聲說出，手裡不能明寫，但心裡仍是想著。他們緩緩的，卻又極堅定的積聚思想，又傳播出去。有許多人，轉入絕望，有如 Lermontov 所表示的；但也有許多人積極進行，借了批評或諷刺——這一種文學，在迫壓的政治底下最容易養成發達，——的形式發表他們的思想。他們不能批評政府的事，又不能直說出自由思想來，所以他們便做小說及喜劇：

Gogol 的《按察使》(*Revizor*)、《死靈魂》(*Myortvye Dushi=Dead Souls*)，Gribojedov 的《聰明的不幸》(*Groe ot Uma=Misfortune Out of Cleverness*) 諸書，對於官僚政治，都加以批評嘲笑。言論雖然受了箝制，但他們也想出方法，能在夾行裡寄寓一種意義。俄國人因此養成了一種技術，為西歐人所不曉得的，就是翻弄那出版檢查官的手段。

其時 Hegel 的哲學，初在俄國出現，得了許多徒黨。從官府一方面看來，這 Hegel 學說是一種保守派的主張，所以俄國政府也便不加禁止。於是德國的玄虛飄渺的形而上學進來，替代了法國哲學家的明白簡潔的，人道主義的，革命的思想。俄國社會不準像百科全書派一樣的直接議論政治問題，便從德國哲學借了抽象的言語來用。這德國哲學在俄國的影響，很是有害；因為使人只是空談理論，不著實際。但在當時也有益處，因為他使俄國思想家，因此能夠用哲學的文句來說話，尼古拉一世的檢查官，不大容易懂得。空想的社會主義，不主張革命，只想從道德與精神的復活上，求出人類的救濟；這種思想，也瞞了檢查官的眼，混進國內。這樣俄國哲學家暫能紹介新思想與讀者，又用隱藏的文句，討論宗教政治的根柢，各地方都有團體發生，討論社會與政治各問題；Aksakov，Khomjakov，赫爾岑，Ogarev 諸人，都在 Stankeviltsh 家中聚會。在這樣空氣中，十二月黨播下的種子，才生了根，證明他的精神比暴力尤為堅固強大。

203

俄國革命之哲學的基礎

　　克利米亞的大不幸，又使社會的不滿，愈加增高。但尼古拉暴死，亞力山大二世即位，人心又略安靜。政治的自由，與社會的平等諸問題公然可以討論了。

　　發表這種思想最有力的人，是亞歷山大‧赫爾岑（Aleksandr Herzen），世間通稱他為俄國的伏爾泰。他的思想，很受著 St‧Simon 社會主義的影響；但關於政治的改革，卻多遵十二月黨的意見。他又特別注意於解放農民這件事。他於俄國革命思想上，造成一個深長的影響；但論他氣質，卻是破壞的，不是建設的人；是傳播理想的，不是創立學說的人。他是一個藝術家，又是革命的哲學家。他想推行他的理想，用「時間」的力量，不想用兇暴的方法。因此他和他的朋友 Ogarev，都時常被人責備，說他們是消極的，不能做事，只會坐著悲嘆。他們兩人，曾在倫敦住過多時，發刊《北極星》與《鍾》兩種報章，主張各種改革，如解放農奴，廢去檢查官，許可言論自由等。

　　赫爾岑的政治理想，是想和斯拉夫民族，設立一個聯邦的共和國，波蘭聽他獨立。他很贊成土地公有制；以為用了此制，將來容易改行社會主義的新制度，使俄國可以不受資本主義及中產階級的壓制。Herzen 雖不是斯拉夫國粹黨，但他的意見，也以為俄國社會革命，比歐洲各國更有好的希望，因為在俄國過去的迫壓，還是較少些許。別國都經了多次變革，所以個人略一行動，便被過去的遺蹟絆倒，阻了上進的路；俄國的個人，便沒有什麼「過去」來妨礙他。

Herzen 比別人更懂得他們自己國民的心理。俄國人在善惡兩方面，在積極的擁護人權，與消極的順受兩方面，都是絕對的。所謂自由政治，在他們看來，不過真的民權思想的贗品。他們知道專制或民主，不知道有什麼折衷，什麼調和。「舊酒瓶上的新標紙」，是不能使他們滿足。君主的自由政治稱作立憲政體，絕不是俄國人所喜的。但 Herzen 反對國家，還不如無政府主義者一般，要完全將國家廢去。他贊成「國民的結合」，卻尚未說到「人類的結合」。據他說，國家自身本無存在的價值，不過是人民生活的有組織的機關；所以須順應了人民生活的發達變化而改革。國家是人民的僕役，不是人民的主人，如西歐社會黨所說的一樣。

　　亞力山大二世解放農奴的宣言，狠使 Herzen 喜悅，對於俄國將來大有希望，當時有名的經濟學家批評家 Tchernyshevski，也抱同一的樂觀。Tchernyshevski 的哲學的意見，是以 Feuerbach 的唯物論為本；他的對於將來社會的思想，則出於 St·Simon 與 Fourier 的學說。他也與 Herzen 相同，狠說鄉鎮土地公有制的重要。他說，在俄國這種制度人人都已曉得，容易實行社會主義；若在歐洲則土地私有制便狠足為梗。所以俄國可以立時行用共產制度，即不然，也狠可縮短私有制的期限。他的意見以為民眾應有統轄政府的權；只因現在教育不足，所以改革只能從上而下。但要行這種改革，從下發生的一種運動，或陰謀反抗，也是必要。各國民都有自決的權，所以不但波蘭應該獨立，便

俄國革命之哲學的基礎

是 Ukraine 也應聽其自主。Tchernyshevski 的有名的小說《怎麼好》(Tshto djelatj=What is to be done?) 在俄國革命思想上，也有實際的影響。這書是在獄中時為《現代雜誌》而作，經檢查官許可出版。因此可以想見書中並無明白確定的政治理論；但關於哲學，宗教，家庭生活，私有財產諸問題，隱隱地含著許多破壞的議論。當初官僚以為這是一種平常小說；但俄國讀者能從夾行裡尋出意義，於是檢查官發了慌，將這書又禁止沒收了。

Tchernyshevski 的社會主義的思想，和對於農民問題的解決辦法，成了一八六〇年以後起的一切革命主張的根本。俄國有知識的人，看出政府的無能，和他不肯廢棄舊制度的情形，所以決心到人民中間去，尋出在這急遽改革上所必要的力量來。一八六一年 Majkov 發布他對於青年的宣言書，指出推翻專制，解決土地問題的絕對的必要。一八六二年土地與自由會 (Zemlja i Volja) 成立。這會的目的，是在求政治的自由，改造聯邦，均分土地這幾件事。其時波蘭革命已經發生，政府有了口實，可以大行反動的新政策。但在俄國此時，已沒有什麼迫害方法，能止住革命運動了。國內有知識的人，因為要避專制的毒害，多逃往外國，往瑞士的尤多；在那地方遇著西歐社會主義運動與文學的影響，受了一種新激刺，俄國革命運動愈加旺盛了。但他們還未得到一面旗幟，在這旗底下，大家可以聚集，——Pyotr Lavrov 便是為他們豎起這樣一面旗幟的人。

Lavrov 是俄國哲學家中最有科學思想的人。他不像前代人

物，看重神學或玄學上的思索，他以為哲學的目的，是在研究事實，與從事實得來的推論。所以他專心研究歷史社會學的哲學，和社會倫理的組織。他所想要解決的重要問題之一，便是個人的人格。Marx 學說的樞軸，是經濟的進化與生產力的發達；Lavrov 學說的中心，是個人的進步與發展。照他的哲學說來，一切進步，全靠個人的物質上，知力上，道德上的發達；又因行用正當的社會組織，實現信實與公道才能成就。Lavrov 所說的社會的幸福，實不過是造成這社會或這國家的個人的幸福；所以各人都有權利，可以變更現在社會的組織。有知識的精粹人民，從思想上得到確信，才真是歷史的創造者；其餘的因襲的奴隸，對於古來習俗傳說，不加考察，一味盲從，都是歷史以外的人物。

　　他們或者也有教化，有知識；但他們只用這知識來擁護現在的制度，並不仔細批判，只以為古來傳下來的便都是好的，所以還只可稱「有教化的野蠻人」，或是「高等文化的野蠻人」。Lavrov 計算這種歷史以外的人物，是主治的一班人；他們固執的不肯講論法理，又竭力保守他們從歷史的因襲上得來的特權。其餘是窮苦的勞動者；他們為生存競爭所迫，每日僅夠作工，沒有工夫去思想考察。他們是文明的犧牲，是人類的「罪羊」。所以這是有思想的少數人的義務，應當去啟發他們，明白他們不幸的原因；使他們能協力來改造歷史，向進化的路走去，使個人的自覺與社會的共存（Solidarity），同時並進。

■ 俄國革命之哲學的基礎

他在《歷史論集》(*Lettres Historiques*) 中說道，──

「我們將到了這時期了，那時人類的理想，可以實現；個人本能的傾向，也可以使得與公眾的幸福相調和。只有將人類組織成一個和合的大團體，用公益公理互相繫住，這樣才能造成個人的幸福。」

那時人能戰勝生存競爭，戰勝動物世界，能夠將批判思想壓服自然；這乃是真的進步的根基。但要做這事，孤立的思想家，沒有什麼力量；他必須依託著在那裡作工受苦的民眾才可。凡是有知識的少數人孤立存在的時候，文化必然消滅。試引古代文化為證，其時民眾居於奴隸的地位，不懂得文化的內面的意義，所以並無要護持文化的意思；所謂超人的一個等級譯者案謂貴族，自己掘了一道溝，同民眾隔開，造成他自己的滅亡。反過來說，便是凡有關心個人的發展與公眾的幸福的人，都應該從他們的 Pisgah 山頂譯者案《舊約》裡摩西登高望樂土的地方下來，走進平民的大平原裡，握著漂流人民的手，引導他們到乳蜜隨處流著的樂土。凡是一種高等的文化，倘欲存在，必須以民治為基本；因為倘沒有民眾的幫助，文化必將滅亡，或遇著侵略的異族，野心的軍閥，也不免立時顛覆了。

Lavrov 有名的《歷史論集》在一八六八年付刊，在革命運動上，造成極大影響。這部書將從前有知識的人濛濛朧朧的感著的思想，總結起來；對於「怎麼好」這問題下了一個極明白確實的解答。Lavrov 說，有知識的人對勞動階級應有一種義務，

因為他們全仗勞動者而生存，他們自己並不生產什麼物質的財富。所以他們若仍然很傲慢高貴的同民眾遠隔，那時他們非但自私，在社會的意義上，簡直已是無價值；他們就是自己宣告了對社會的破產，對於社會的債務無力償還了。他們對於供給物質安樂的民眾的債務，只有一法可以報答，便是投身於平民中間，順應了他們現時的需要，永久的權利，與所有的力量，去啟發他們。有知識的人，不可遲疑猶豫，應該提倡民主主義，打倒那武功政治，建設起一個根據公理的新社會，新秩序。Lavrov 說，現存的社會秩序，是極端的不道德。什麼是「不道德」呢？對於這問題，Lavrov 立下明決的答語：「凡阻礙個人的物質及精神的進步的發達者」，都是不道德。只有根據公理的社會，使人人為公眾的幸福進步的發達起見，通力合作，縱使不能全滅人生的不幸，也竭力設法減少；這樣的社會，才是合理的道德的。所以 Lavrov 是個人主義者，又同時是社會主義者。他的學說，可以與 Benoit Malon 所創的 La Socialisme Integral 相比。Lavrov 同 Malon 一樣，將 Kant 的「純粹義務」說，與唯物論派的自利說，一齊打消。他完全承認 Malon 的主張：「利他主義是我們新道德的根本；這道德既非神學的，也非玄學的，只是社會的罷了。」總而言之，Lavrov 所要求的，不在部分的改良，乃是社會的急遽的變革。實行這個變革，至必要時，激烈的手段，也可以採用。

以上所說，是 Lavrov 從「智識階級的破產」說引申出來的

俄國革命之哲學的基礎

學說；他便將此來答俄國有知識的人的疑問。但對於這個「怎麼好」的問題，Mikhail Bakunin 所提出的答案，又是不同。Lavrov 是 Malon 派的社會主義者，Bakunin 是無政府主義者；因此兩方的意見便有點差異。Bakunin 少年時候，很喜歡 Hegel 的哲學；這雖然也以自由說為根本，可是將他圈禁在精神的範圍以內。在實際上，Hegel 便為了國家，將個人犧牲了；因為他是承認國家萬能的。他的學說到了俄國，無異於一種辯護專制的文章；所以 Bakunin 依據了 Hegel 哲學，覺得尼古拉一世的政治，還有理由。便是德國人所創的最激烈的主義，內中也終脫不了崇拜強力的氣味；我們順便說及，也是一件極有趣味的事。Bakunin 本系「北派」，就是十二月黨的一派；但那時他還不十分熱心這事，不很與聞，所以事發之後，他獨逃脫了多數同黨的「悲壯光榮的運命」。可是俄國人人心中所有的愛自由的心，終於醒了。他棄去了 Hegel 的正宗學說，加入新哲學派；這派名叫「Hegel 左黨」，對於祖師的專制政治與宗教的理想主義，都很反對。

這新派的首領，是 Strauss，Feuerbach 及 Bruno Bauer 等。此後 Bakunin 的知力的世界，全為自由說所主宰。Hegel 從前教他到影像的國土，精神的地域，形而上的世界裡去求自由；但現在 Bakunin 已經改變，不肯承認夢幻作為事實了。

「那統不過是我們平常很蔑視的現實世界底黯淡的再現和怪異的誇張罷了。我們現在懂得了：神往那虛無飄渺的境界，我們在心志精神上，不但無所得而且有損，不但無所加強而且加

弱。我們方才同小兒一樣，跟我們的夢想充塞太虛，聊以自娛的時候，一面放棄了現實的世界與我們的全存在，交給宗教上政治上經濟上種種的假先知，暴君，武功家了。我們到現實的世界以外，去求理想的自由，卻將自己陷入最悲慘最可羞的奴隸境遇中了。」

Bakunin 相信，除這個現實世界以外，別無世界；一切超越的概念，都是虛幻；人類只要能夠擺脫一切拘束，能夠得到完全幸福；他又相信盡他能力所及，幫助人類實現這希望，是他應盡的義務。

Bakunin 是唯物論者，所以他認定人類只是進化最高階的動物；思想這事物，不過是腦裡的一種物質發生物。人與下等動物不同的緣故，便只因他有思想的能力與合群性；因了這兩件事，所以人類比地球上一切動物都更高等，獨有著一個「將來」。合群性與人類的共存，便是人的進步的第一原因。Rousseau 說，人孤立時，本來完全自由，等到與同類相處，不得不犧牲他的一部分的自由了；這話其實是錯的。Bakunin 說，——

「人本來生就是一個野獸，一個奴隸。只有與同類相接觸，生在群眾中間，那時才成了人，得了自由，得到思想言語，及意志的能力。倘若孤立生存著，也絕不能發達這些能力了。人類的所以能夠發達到了現在的地位，都應感謝過去及現今的社會公眾的合群的努力。」

所以人類的運命，是在合群的生存，互相扶助，戰勝自然。

■ 俄國革命之哲學的基礎

這樣一個目的，須經過長的歷史進化之後，才能達到，人類的終極目的，一方面是在服從自然的法律；這卻並不由於外面的強制，有天人的規定，要個人或社會服從，實只因這法律原與人性相合的緣故。在別一方面，人又當求個人的解放，脫離一切社會上要求遵守的權威，這都是自由的緊要條件，人類的將來，也就在此。「歷史的真正偉大高上的目的，便是個人的真實完全的解放。」所以一切過去與因襲，都應盡數棄去；因為進步這事，就是指漸漸的脫去過去的錯誤。「我們的動物性，在我們的後面；我們的人性，是在我們前面；只有這人性，能給光明與溫暖與我們。我們絕不可回顧，應該單向前望。倘我們有時回顧過去，這目的只在看清我們從前如此，以後不要如此！」

　　Bakunin 對於中產階級的國家與中產階級的社會，都很激烈的非難。他說，在勞動者與中產階級爭鬥的中間，國家必然成了一種壓迫的機械。他的結論，與多數社會黨的意見，絕對相反，也與 Lavrov 不同。Lavrov 的主張，是教有知識的精粹人民傳播思想，養成民眾，以供將來的革命及組織新國家的用；Bakunin 卻教全世界被壓迫的人民，擺脫拘束，將人類親手製造的兩個偶像，——國家與中產階級——從座上直擴下來。他以為國家只能保持從前的情狀：一頭是富，一頭是貧，就是所謂現狀（Status quo）。國家又養成人類的爭勝與不和。「總而言之，國家的最上的法律，就是保持國家，一切國家，自從建設之後，便為競爭戰鬥的根源，——國家與人民的戰爭，各國互

動的戰爭；因為不是鄰人弱，自己便不能強有力。」所以國家是一切內外戰爭的根源，其存在便是「最不合理的人性的否認」。

革命運動家的多數，都是民族主義者，如德人 Lassalle 義大利人 Mazzini 法人 Blanqui 皆是；Bakunin 雖然是俄國人，卻為人類全體盡力。在他看來，國民種族，不過人類大洋裡的一個浪頭罷了，他的理想，是「人類的友善」，不是「國民的結合」。但在這一點上，他卻仍然是完全俄國人的氣質。Dostojevski 說，「我們俄國人至少有兩個祖國，一個俄羅斯，一個歐羅巴。我們的使命，應該完全的人類的。我們努力，不僅奉事俄羅斯，也不僅斯拉夫全族，應該去奉事全人類。」

在這地方，我們可以看出 Marx 是與 Bakunin 的不同。Marx 是冷靜的理智家，Bakunin 雖然懷著唯物思想，卻是感情家，理想家。Marx 深信公道，卻不甚重自由；Bakunin 全心渴望自由。兩人的氣質與種性，都很有關係。Marx 雖然原是猶太人，但已完全德國化了；Bakunin 是斯拉夫人。他的性質的不同，並非由於學說的不同的緣故；其實是因為性質不同，所以學說也不同了。我們如在人類思想事業的歷史上，詳細考察，當能看出，許多為公眾做過事業的人，都不過是理智的機械，對於個人的苦難，並不曾有什麼感動。我們看出歷史上幾多行政家政治家經濟學家哲學家宗教家，提倡各種學說方法，要為一群一族或一階級，求物質及精神上的幸福，大抵是出於理智，不出於愛。只愛將來的世代，不愛在我們眼前活著苦著的人，不能

俄國革命之哲學的基礎

算是真的愛。

為將來的世代，未知的人民求幸福的人，他的動機或者很是崇高偉大；但正直的心理學家恐不免在他的動機中間，尋出若干野心自利或空想的分子。人心裡的愛究竟是有限的；所以如將這愛分給將來無量數的人民，各個人所得的份量，便極微少了。真實的好心，真正利他的情緒，純粹的愛：只有為個人求幸福，專心致志為一部分的人盡力，隱默無聞，不在公眾與歷史的面前，表白他的事業的人，他們心中才有這愛。這謙遜的真正的愛，斷然不是一階級一族一國一群的所謂救主的所能有的。這樣的救主，無論他稱作社會黨，民族主義者，大日耳曼主義者，大斯拉夫主義者，猶太主義者，他們對於個人的受苦，不甚關心，只夢想著無量數人的幸福安樂，終於不能算是博愛家感情家理想家；他們即使不是利己家，也不過是枯燥的理智家罷了。愛全群的一部分，是在人力以內；但愛全體而輕部分，這可能算是愛？縱說是愛，也是虛空的了。兵士在濠溝中戰鬥，死在戰場上，是因為他愛他的故鄉家庭，愛他的妻子或姊妹，愛他的母親或兒女，並不是愛未來的子孫，人為了理想而死，從來如此，現在也還如此；但這只因為那理想已成了他的生命的一部分，他的寶貴的精神的遺傳或所有品，才能如此的。

Bakunin 與 Marx，斯拉夫與條頓族的代表，正可很明瞭的證明上面所說的事。Bakunin 天真的心同兒童一樣，對於個人

懷著無限的真實的愛；Marx 是一階級的救主，是一個精粹的理智的機械身，「科學的煽動者」，「民主的狄克推多的化身」，正如 Bakunin 所說一般。關於這幾方面，現在不及詳說；但我們倘若公平的研究民族心理，便可證明，世間所通行對於公眾的愛或恨，無一不從德國發起。如科學的社會主義，萬國工人協會，反猶太主義，與此外許多愛什麼主義（Philisms）恐什麼主義（Phobisms）的發源地，便都是德國。

在社會革命的實行方法上，Marx 與 Bakunin 也很不同。德國人所期望的是在受過教育，能懂得他的學說的科學的根柢的人；俄國人是期望最愛自由的一般的人。Marx 相信，第一個發起社會革命的國民，當然是最進步的國家，如德國便是。（他在英國住了幾時之後，似乎又改變了意見。）Bakunin 卻以為最有反抗的精神與自由的本性的國民，才能夠發起這革命。他不信條頓人種有自由的本性；他們都是很威嚴高慢的。只在臘丁與斯拉夫種中，這本性完全發達。一八七〇年普法戰爭的時候，Bakunin 很偏袒法國，便是這緣故，他對於萬國工人協會會員，又特別對瑞士人，發表一篇熱烈的演說，勸他們起兵，幫助最近發布的法蘭西共和國。法國在歐洲是代表自由的國；德國卻是「歐洲社會黨的公敵」，因為他是「專制與反動的化身」。Bakunin 是自由的戰士，他雖是無神論者，卻獨為自由建造說作聖堂曲，所以他恨德國，正與他的愛法國一樣的深。A‧Richard 說，「這俄國人，這無政府黨與國家的仇敵，深知法國精神的歷

史及法國革命的時代精神。他愛法國，他於法國的所憎惡深感同意，於法國的不幸也深感痛苦。」但 Bakunin 這樣的愛法國，為什麼呢？這當然不是為他的政治的勢力，也不是國家。不是帝黨或王黨的法國，而且也不是共和的法國。他所注意的只是那偉大的國民性格，法國精神，寬大勇俠的本性，敢於推倒過去歷史所擁護承認的一切權威一切古偶像的革命的舉動。便是這與條頓族的文物破壞（Vandalism）顯然不同的法國的偶像破壞（Iconoclasm），使 Bakunin 這樣佩服。他說，——

「倘使我們失卻了那歷史的偉大的國，倘使法國從世界上消滅了，倘使更不幸而至於跌入泥中做畢士馬克的奴隸，那時世界將大受損失，立時將現出一個大的空虛；這不但是一國的災禍，實是世界的大不幸。」

因為那時高慢反動的德國，將使歐洲都受到他的迫壓；無論何地，自由的萌芽，都將被摧殘。德國人民沒有自由的本性。他們還有方法，將萬國工人協會變成一個 Sozialdemokratie（社會民主團）呢。所以凡是愛自由的，希望人道戰勝獸性的，想求本國獨立的人，都應該出來與聞這民治與專制的戰爭，這是他們的神聖的義務。

一八八四年 Plakhanov，Vera Sassoulitsh，Deutsh，Axelbrod 四個激烈派，在瑞士發起了社會民主黨。他們傳道的新法，是從 Marx 與 Engels 直接得來的。他們在勞動界傳播 Marx 學說，豫備經濟的戰爭。從一八九一至一八九四年，在俄國中部莫斯

科聖彼得堡等處，連續行了許多次的罷工。一八九五年在聖彼得堡 Lenin 與 Martov 為頭，又起了大同盟罷工，有工人三十五萬名，與聞這件事。

一九〇一年社會革命黨重行改組，推 Lavrov 為首領。這裡邊最有勢力的一個黨員是《勞工之旗》的編輯者 Viktor Tchernov。黨員的多數都是高等職業的人，在官吏聯合會，海陸軍人聯合會上，很有影響。黨裡又有許多農人；俄國農人多還守著古代共產制的村會（Mir），原有社會主義的傾向，所以黨裡很看重這一方面，就希望立刻將土地依社會主義分配。但社會民主黨卻不以為然，說這古代原始的共產制，須先行消滅，改成現代的資本的生產製，以便預備實行完全的社會改造；這件事業須由徐徐的進化，才能成就的。社會革命黨的主張，除了土地改革之外，又包括激烈的手段在內。

一九〇七年社會民主黨在倫敦開大會，因為黨員意見不合，便生了分裂。這黨分作兩派，一是多數派（Bolsheviki），Lenin 為頭；一是少數派（Menshoviki），首領是 Plekhanov，Martov，Dahn 三人。多數派不願與開明的中產階級聯絡，說他們有君主的傾向。又攻擊 Plekhanov 一派，說他們對付中產階級及貴族士官過於寬大。少數派則主張說，俄國如不先將西歐通行的政治社會制度實現，革命便不能成；在這革命運動中，開明的中產階級，也是很有用的分子，倘將這一部分國民的同情失去，逼得他們投入反動裡去，那是很危險的。這兩派都各

俄國革命之哲學的基礎

有他的主張，依了俄國人的特性，各各走往極端，至今還沒有解決。

上邊的一篇對於造成俄國革命的哲學思想的觀察，非常簡短，但我們看了，約略可以懂得現在新俄羅斯必須經過的困難情形了。我們要理會這事，單從表面考察，是無用的，所以必須去求更深的理由。說俄國革命黨都是平和主義者，現在這已變成一個惡名，好像從前歐洲平和時候的稱暴徒了，原是不對的；因為他們勇於攻擊敵人，未嘗退避，又為了主義，毫不恐懼的向牢獄，流放，苦工，死刑走去；總而言之，畢生是一個戰士。「賣國者」也是一個不適用的醜惡名詞譯者案此當係指俄德講和時世間對於俄人的惡罵，又沒有正當的與心理上的證明。俄國革命黨裡有無賣國者，都不可知；須待將來由歷史判斷。現在的困難情形的原因，其實更為複雜。簡約說，便是如此。──製造革命的人，無論他是那一黨，抱什麼主義，對於破壞的工程，卻都同心一致，至於手段方法的不同，也不關緊要。到了破壞已經成功，帝國推倒了，革命的勢力裡面的各分子，便又各自分散了，現在要在舊廢基上，建造新房屋，那些建築家的意見，各自紛歧，不能相合了。我們現在所見的擾亂，正是感情思想的衝突糾紛。人類雖然不至如 Babel 塔下的人，各說各的言語，但各人都有各自的思想，卻是確實的了。他們又時常將倫理學上的「應該」，當作日常的「實是」，將夢想當作事實。俄國人是生就的理論家，專講抽象的理想，又竭

力的執著他們自己的理論。各種意見如立憲制，開明的中產階級，社會主義，無政府主義，民族主義，帝國主義，人道主義，國際主義，及此外各種主義，都夾在一起，各有主張。有些俄國人單要求政治的解放，便滿足了；那些人卻夢想「解放政治」。這一部分的人只要將新偶像代出舊偶像，或舊建築上加點修補，就滿足了；那一部分卻主張大掃除，要將所崇拜的偶像全數推倒，打掃出一片白地，預備從新建築。這一部分的人以國民為重；那一部分又極尊重個人。第一派如 Lavrov 主張「國民的結合」；第二派如 Bakunin 則主張「人類的結合」，不分什麼種族國家言語。在 Bakunin 同他的一派看來，個人是最重要的東西；社會只是精神理想的集合，他的共通的目的便是自由。人與人不相附屬，各自平等；政府便沒有什麼事可做。俄國革命黨人有許多隻期望同英國一樣的君主立憲，便已滿足；有許多人卻希望聯邦的共和國，同瑞士或美國一樣。還有許多人夢想正義的共和國，以 Plato 的理想國，St・Augustine 的神國，Moore 的烏託邦（Utopia），Harrington 的大洋國（Oceania），Campanella 的太陽國，Fénelon 的 Salente，與 Rousseau 所想像的社會，或古先知所說的天國為模範，可是他忘記了，連 Rousseau 自己也說，這樣的國，只是神所居的；用現代的文句說明，便是超人的國土了。在這國裡，沒有人類降生，也沒有活人生存；這國不過在空想的境中存在。夢想這空虛世界的人，只好為精靈立法，在雲中建國罷了。

俄國革命之哲學的基礎

　　近三年來，我們熟聞這一句話，說「現在的戰爭是一個理想的戰」。但這句話依了各人的思想，也可有幾種解釋。有的說理想的戰，是指人用了槍炮互相殺傷，各求自己理想的勝利。有的卻以為這是指純粹用理想去克服人的戰爭。但這不是唯一的原因，使俄國許多革命黨，變成平和主義者，他們同威爾遜總統一樣，將德國政府與德國人民，劃清界限。他們相信德國人民也能同俄國人對付 Romanov 家一樣，去對付 Hohenzollern 家的。這是俄國社會民主黨的意見；他們是 Marx 派，很信用德國的工人。社會革命黨現在改稱國民社會黨，卻同無政府主義者如 Kropotkin 等，對於 Marx 與德國社會黨都不相信。他們同 Bakunin 一樣，說將德國政府與德國人民，劃清界限，這假說是錯誤的；德國人是世界上最高慢反動的人民，缺乏自由的本性的。社會民主黨說，「讓我們同德國人講理，便能勝利。」國民社會黨卻更明瞭的答道，「讓我們先打勝了，然後講理。」俄國的 Marx 派並且還想推廣範圍，將國民的戰爭，變成階級的戰爭。他們對於歐洲的地圖的改變，毫不注意，只要他們的社會改造的理想，能夠從犧牲的擾亂中間，得勝成功。

　　俄國現在的紛擾中間，還有別一個理想，從中主動，便是民治問題。民治這個字，也可依了各人意見，尋出各種解釋。這民治什麼時候開端？什麼時候可以全占優勢呢？他們說，倘使民治是現代歐洲的口號，此次對德國軍國主義的勝利，便是民治主義的勝利，那時便在戰爭中間，即使公理還未完全勝利

的時候，也應略有民治的表示了。但是，照俄國民黨說，當時宣戰及作戰，著著進行，全沒有和我們商量；我們模模胡胡的聽得發表的那些規定，然而我們沒有控制戰爭的力；我們不知道那些祕密外交與條約的內容；我們不知道政府對於國民與他的富力及未來，負著什麼責任。我們聽人說，此次戰爭，是將安放了新建築新歐洲的基礎；但我們勞動者對新建築的意見，或未必與政府及資本家的相同。我們又聽人說，此次戰爭，是征服時代的末期了；我們卻不願他又為一個新的武功時代的開端。我們都望推倒德國的軍國主義，但政府及資本家或別有意思，為利益中產階級起見，所以如此期望。德國的中產階級或者也受利益，只苦了我們平民。我們俄國民黨所以決心繼續戰爭，必要使民治主義即從此刻發端，直到完全勝利而後已。只有這樣辦法，我們才能一面推倒德國軍國主義，一面保全我們工人的將來。我們只望中國資本家也同德國的一樣受窘，德國的工人也跟中國的一樣受益，便滿足了。

　　這是俄國革命的各種思潮，這運動中各首領的思想理論。這都從播種革命種子的俄國哲學家 Herzen，Tchernyshevski，Lavrov，Bakunin 諸人的學說出來。我們恐以後還須經過多少時間，多少困難，才能望新俄羅斯的產生。

　　這一篇論文，原是兩年前的著作，因為他說俄國革命思想的過去的歷史，很覺簡截明白，在現在還有價值，所以翻譯出來，紹介與大家了。至於著者的批評，譯者卻頗有不能同意的處

所；譬如論中太重現實而輕理想,到後來理想成了事實,那批評便也難於存立。即如他以為斷不會有的德國革命,現在居然實現,便正是一個極顯的例了。

一九一九年三月三十一日,譯者附記

日本的新村

近年日本的新村運動,是世界上一件很可注意的事。從來夢想 Utopia 的人雖然不少,但未嘗著手實行,有些經營過的,也因種種關係不久就消滅了。俄國 Tolstoj 的躬耕,是實行泛勞動主義了;但他專重「手的工作」,排斥「腦的工作」;又提倡極端的利他,沒殺了對於自己的責任,所以不能說是十分圓滿。新村運動,卻更進一步,主張泛勞動,提倡協力的共同生活,一方面盡了對於人類的義務,一方面也盡各人對於個人自己的義務;讚美協力,又讚美個性;發展共同的精神,又發展自由的精神。實在是一種切實可行的理想,真正普遍的人生的福音。

一九一〇年,武者小路實篤(一八八五年生)糾合了一班同志,在東京發刊《白樺》雜誌,那時文學上自然主義盛行,他們的理想主義的思想,一時無人理會;到了近三四年,影響漸漸盛大,造成一種新思潮。新村的計畫,便是這理想的一種實現;去年冬初,先發隊十幾個人,已在日向選定地方,立起新村 (Atarashiki Mura),實行「人的生活」。關於這運動的意義與事實,我極願略為紹介;但恐自己的批判力不足,容易發生誤會,所以勉力多引原文,可以比較的更易看出真相。

新村的運動,雖然由武者小路氏發起,但如他所說,卻實

日本的新村

是人類共同的意志,不過由他說出罷了。

「我的無學,或要招識者嘲笑;但我的精神可是並無錯誤。我的精神,不是我一人的精神,與萬人的精神有共通的地方。我所望的事,也正是萬人所望的事。……我絕不希望什麼新奇的事,不過是已經有多人希望過了的,又有多人正希望著的事罷了。」武者小路實篤著《新村的生活》序

「我極相信人類,又覺得現在制度存立的根基,非常的淺。只要大家都真望著這樣社會出現,人類的運命便自然轉變。」《新村的生活》第三三頁

「只要萬人真希望這樣的世界,這世界便能實現。」第二一頁

因為人類的運命,能夠因萬人的希望而轉變;現在萬人的希望,又正是人類的最正當最自然的意志,所以這樣的社會,將來必能實現,必要實現。

「我所說的事,即使現在不能實現,不久總要實現的:這是我的信仰。但這樣社會的造成,是將用暴力得來呢?還不用暴力呢?那須看那時個人進步的程度如何了。現在的人還有許多惡德,與這樣的社會不相適合。但與其說惡,或不如說『不明』更為切當。他們怕這樣的社會,彷彿土撥鼠怕見日光。他們不知道這樣的社會來了,人類才能得到幸福。」第一八頁

「新時代應該來了。無論遲早,世界的革命,總要發生;這便因為要使世間更為合理的緣故,使世間更為自由,更為『個人

的』,又更為『人類的』的緣故。」第二五二頁

「對於這將來的時代,不先預備,必然要起革命。怕懼革命的人,除了努力使人漸漸實行人的生活以外,別無方法。」第一四頁

新村的運動,便在提倡實行這人的生活,順了必然的潮流,建立新社會的基礎,以免將來的革命,省去一回無用的破壞損失。

「人的生活是怎樣呢?是說各人先盡了人生必要的勞動的義務,再將其餘的時間,做個人自己的事。」第一百二頁

「我們生在現世,總感著不安;覺得照現在情形不會長久支援下去。現在世間不公平不合理的事真多,因此不能實行人的生活的人,也便極多。」《新村的說明》第一頁

「非人的生活,便是說不能顧得健康自由壽命的生活。因為想得衣食住,苦了一生的生活。明知要成肺病,為求食計,不得不勞動;已經成了肺病,為求食計,還不能不勞動;聽人家的指揮,從早晨直做到晚,沒有自己的餘暇。⋯⋯這等人,我們不能說他們所過的是人的生活。」第二頁

「我想人類不能享人的生活,是大錯的。這錯誤從何而生,大約有種種緣由。簡單說,便是因為他們不明白人類應該互助生活;反迷信自己不取得便宜,即要受損失的緣故。所以心想別人的不幸應該永遠忍受,只要自己幸福便好。」同上

「我們想改正別人不正不合理的生活,使大家都能幸福的過人的生活;但第一須先使自己能實行這種生活,使人曉得雖在

現今世間，也有這樣幸福的生活，可以隨意加入。」第四頁

「這便只是互助的生活。不使別人不幸，自己也可以幸福；不但如此，別人如不幸，自己也不能幸福；別人如損失了，自己也不能利益的生活。」第五頁

「我們想造一個社會，在這中間，同伴的益，便是我的益；同伴的損，便是我的損；同伴的喜，便是我的喜；同伴的悲，也便是我的悲。現今世上，都以為別人的損失，便是自己的利益；外國的損失，便是本國的利益。我們對於這宗思想的錯誤，想將我們的實生活，來證明他。……世上以為若非富歸少數者所有，其餘都是貧民，社會便不能儲存；對於這宗思想的錯誤，我們也想就用事實來推翻他。」《新村的生活》第一百四頁

「各人應該互相幫助，實行人的生活。現在文明進步，可以做到使一切的人，都不必有衣食住的憂慮；但實際上，現在為了衣食住在那裡辛苦的人，還那麼多，很是不好的事情。病人也不可不休息；應該利用以人類智力得來的方法，使他們早得回覆健康。但在現在不能如此：世上因為沒有錢，不能保全天命的人，不知可有多少。這都是普通的事實；但這事實卻可以用人力消滅的，所以我們應該設法消滅他。據我想這最好的方法，只有各人各盡了勞動的義務，無代價的能得健康生活上必要的衣食住這一法。……這樣我們才能享幸福的人的生活。」第二二至二三頁

「凡是人類，因使別人過人的生活，自己才能實行人的生活；

又因自己實行人的生活,才能使別人過人的生活:這個確信,因了這回的戰爭,愈加明顯了。……人在錯誤的路上走,不能得到平和。在歸到正路以前,血腥的事件總將接聯而起。世人不能像以前的享受平和了。這正像將一個球從坡上滾下,卻等候他中途止住一樣。少數的人,在多數人的不幸上,築起自己的幸福,想享太平的福,也不可能了。一切都非用人力變成平等不可。這並不是說,叫一切的人都變成現今的勞動者,也不是都變成現今的紳士:只說一切的人都是一樣的人,是健全獨立的,盡了對於人類的義務,卻又完全發展自己個性的人。……一切的人只要盡了一定的勞動義務,便不要憂慮衣食住。凡是不能將健全的生活所必需的衣食住給予人民的國,不能樂享太平。」第一六至一七頁

這新社會中第一重要的人生義務,便是勞動,但與現在勞動者所做的事,內容與意義上,又頗有不同。因為這勞動並非只是兌換口糧的工作;一方面是對於人類應盡的義務,一方面是在自己發展上必要的手段。

「我想世上如還有一個為食而勞動的人存在,那便是世界還未完全的證據。『額上滴了汗,去得你的口糧』的時代,此刻已應該過去了。……若在現代,不但如此,簡直可說,為了你的口糧,賣去你的一生!這樣境遇的人,不知有多少。但這正因社會制度還未長成完全的緣故。我並不詛咒勞動;但為了口糧,不得不勉強去做的勞動,應得詛咒。在人類成長上必要的勞動,

應得讚美！」第五至六頁

「我尊敬現在的勞動者，看他們雖然過度的勞動，卻仍然頗高興的度日。但我不能說，現在他們的勞動是正當，是健全。」第十頁

「勞動也有幾種，有我們生存上必不可缺的勞動，與不必要的勞動。現在將這必不可缺的勞動，專叫一部分的人負擔，其餘的人都悠遊度日，雖說在現今是不得已的事情，絕不是正當的事。」十一頁

「食是各人共通的事，所以如為食而勞動，各人應該共同出力，才是正當，才是合宜。各人協力工作，使得負擔減少，結果增多，心力體力資本都是必要。」第八頁

「人類為求生存，必要一定的食物。譬如人類常食，一定要多少五穀；這若干份量的五穀，應該有人種作。但現在世上，已沒有奴隸存在的理由；所以我們都有種作這食物的義務。……其他關於礦業漁業等等，我們也一樣應該分擔工作；這是人類為了人類的要求而勞動，極是正當的事。」二五二頁

「工場是共有的東西。各人不要愁他的衣食，可以安心勞動：男人做男的事，女人做女的事。」十二頁

「身體弱的人，如任什麼工都不能做，便不勞動也可以的。……對於病人，醫生與藥物，都無代價。凡有在健全的人的生活上必要的東西，都無代價可以取得。各人有這樣權利，便

只因各人在勞動上已經盡了義務。而且各人又都替不幸的鄰人代為勞動了，所以無代價的給與，毫不奇怪。」第十三頁

「一切的人都是平等。沒有特別才能的人，在一定期間，都要勞動，這是為自己，也兼為不幸的鄰人而勞動。因了勞動的難易，又有區別，工作愈難，義務年限愈短。勞動的分配，由第一流的政治家經濟家公平辦理。個人的意志，仍然十分尊重。」第二三頁

「在合理的社會裡，僱用使女和工人的事，不能行了。各人都是僕役，又都是主人。勞動者這一個特別階級，也沒有了。無論什麼人，都非勞動不可。只是有特別才能的人，或衰弱的人，可以免去，但這只是一種例外。」第二五七頁

「那時候奴僕使女這類人，已沒有了。但同胞的人類互相幫助，也可以簡易的得到衣食住。不必各自煮飯，那是不經濟的事。只有一處煮了飯，用自動車分送各處。屋裡的掃除等，也可以用機械來做，可以簡單了事。隨後各人利用閒暇的工夫，可以隨意再加整理。」第一九頁

「勞動者便是紳士，紳士也即是勞動者；平民便是貴族，貴族也即是平民。各人雖不能任意動作，卻可以沒有衣食住的憂慮。大家各自獨立，卻有同一的精神貫通其間。協力的喜悅，與獨立的喜悅，同時並嘗。勞動與健康，互相調和。機械供人使用，不使人被機械使用。不必要的勞動，竭力省節，留出工夫，使各人可以做自己的事。」第四六頁

日本的新村

「貧富平等,並非使富人變成窮人,不過富人窮人同是一樣的『人』,便同是一樣的過人的生活罷了。現在的富人,不能算得在那裡過人的生活。略略明白的富人,見這理想的時代到來,怕還要喜歡不迭。」第二十頁

這新社會原是人類本位的組織,但在現今社會中,不能不暫受一點拘束。所以對於國家的關係,只能如此:——

「古人說,『該撒的東西,還了該撒』。我們也便將國家的東西,還了國家。在國家一面,可以相信這新社會的設立,於他並無損害。稅也拿出,徵兵也不敢抗拒;要說的話盡說,意見也盡發表,可以非難的事,也要非難。但我們不想用暴力來抵抗暴力。」第四一頁

這解決暴力問題,實在可是難說。但他們因為「相信人類」,又如《一個青年的夢》序中所說,「我望平和的合理的又自然的,生出這新秩序。血腥的事,能避去時,最好是避去。這並不盡因我膽小的緣故,實因我願做平和的人民。」所以新村的運動,是重在建設模範的人的生活,信託人間的理性,等他覺醒,回到合理的自然的路上來。

「我是建設者,是新的萌芽。我們建造新的房屋;能夠多造,便想在各處儘量建造。有人願意進去住的,十分歡迎。我們的工作,是在建造比舊的還要適於人的生活的新屋。但一半也因我們自己想在這屋裡生活的緣故。」第一百六頁

「這樣的時代來了,人生問題未必便能解決,但這時代未來

以前，人間總不能得不被良心責難的生活。」第十五頁

關於男女道德問題，一時未能定出規約，大約是這樣：——

「新社會的裡面，當然沒有妓女，實行一夫一婦制度；也決沒有強暴的事。其間的制裁法，讓大家自己去想就好了。知恥的人，比不知恥的，自然更可尊敬。……這宗問題，非實際遇見，不能預先解決。但總之金錢的力，在這些事上，絕不能再作威福，這是確實的了。」第五六頁

新社會中雖不戒殺生，但純為口腹的殘害，也所不取。

「肉食在所不禁，但菜食的人，將來總逐漸增多。也想養豬養雞，倘大家說不必殺了來吃，不殺也好；如有人要殺，也不必嚴禁。可是殘酷的殺法，也不應該。……關於這宗問題，我還沒有十分仔細想過。但人如有了愛，那便是豬或雞，可也殺不下手罷。暫時或向別村買來也好，但也不能說是好事，這總憑大家的意見。我還沒有感到這樣深廣的愛，竭力的來反對肉食。」第五七至五八頁

新村的計劃，現在雖只限於一地，又只有第一個村，但精神上原含有人類的意義，所以希望很遠，將來逐漸推廣，造成大同社會：那時候，新村的計畫，才算完成。

「這樣的制度，先是分國的行了，我還夢想將來有全人類實行的一日。一切的人在自己國語之外，都能說世界語；無論到了何處，只要勞動，或是執有勞動義務期滿的證據，便不要金錢，可以生活；可以隨意旅行，隨意遊覽，隨意學習。這樣世

■ 日本的新村

界，只要人類再進一步，沒有不能辦到的事。一個人到了無論那裡，都有同一的義務，同一的權利。先是以人類的資格而生活，更以個人的資格而生活；先在世上為了生存而勞動，更為發展自己天賦的才能而生存。……我望將來有這一個時代，各人須盡對於人類的義務，又能享個人的自由。」第二四頁

以上是新村的理想，以協力與自由，互助與獨立為生活的根本。在生物現象上雖然承認生存競爭的事實，但在人類的生活上，卻不必要。

「甲　這樣說，是人類應該協力的生活；又是這樣才能安心喜悅，幸福的過日子，你們根據了這信仰，所以立起新村來的？

乙　是的。

甲　這樣，生存競爭豈不可以沒有了嗎？

乙　在我們同伴中間，當然可以沒有。

甲　照你們的主義上說來，生存競爭是錯的了？

乙　我想在人間同類中，總是不應有的。」《新村的說明》第八頁

至於實行上，現在正是發端，去年十一月才在日向的兒湯郡石河內買了一塊地，建立第一新村，著手耕種。又在東京發行一種月刊《新村》發表意見，記載情形。下面這幾節，便從這月刊中抄出，可以曉得大概。

「看大家在那裡勞動，真是快事。從山岡上叫他們時，大家

一齊答應。最有腕力的橫井立刻撐小船來迎,渡過河到了大家勞動的地方。前回下種的蕪菁和瓢兒菜,都已長出可愛的芽。二畝的荒地現在已很整齊的耕好,都播了種子。我到明日也可拿著鋤頭,同眾人一起勞動,想起來很是愉快。

　　大家停了工作,在河中洗淨了鋤鐮等農具,乘船回來。吃麥四米六的飯,很覺甘美。地爐中生了火,同大家閒談,隨後到樓上,擬定先發隊的規則,今年年內便照著做事。── 每日值飯的人五時先起,其餘的六時起來,吃過飯,七時到田裡去,至五時止。十一時是午飯,下午二時半吃點心,都是值飯的人送去。勞動倦了的時候,可做輕便的工作。到五時,洗了農具歸家。晚上可以自由,只要不妨礙別人的讀書,十時以後息燈,這是日常的生活。雨天,上午十一時以前,各人自由,以後搓繩或編草鞋,及此外屋內可做的工作。每月五日作為休息日,各人自由。又有村裡的祭日,是釋迦耶穌的生日,一月一日,新村土地決定的那一天,August Rodin 的生日;又因為這樣是四月直跳到十一月,所以 Tolstoj 的生日也加進去,定為祭日。就是一月一日,四月八日,八月二十八日,十一月十四日,十二月二十五日這五天,定為新村的祭日,到那時節,當想方法舉行遊戲。」十二月七日武者小路實篤通訊見《新村》第二卷一號

　　「早上七時大家拿了鋤或斧,穿上工作的衣服,乘船出去。從清早起,只穿一件小衫勞動,毫不寒冷。橫井等有時赤了

日本的新村

膊,元氣旺盛的做事。今日麥已播種了。近處的農夫同來參觀的人見了我們的工作,都很驚服。午後四時起,我們動手砍叢莽,燒草原,直到太陽下山才回去。昨日照了六張照相,⋯⋯其中一張,在河中大岩石上,大家都坐著。這真是美麗的地方;這大岩石,現在已由新村的人,替他定了名字,叫做 Rodin 岩 (Rodin-iwa)。因為土地決定的日子,正在 Rodin 生日十一月十四日,所以作為紀念。這是一個形狀很奇妙,看了很愉快的岩石。倘來參觀新村我願意引導。」同日今田謹吾通訊

對於這平和的運動,可是也有加害中傷的人;武者小路氏通訊中又說:——

「據從高鍋來的人說,今日《日洲新聞》上對於新村的生活,頗有微詞,說很為石河內的村人所嫌惡。又有東京的匿名信,寄與高鍋近處的村長,教他不許賣土地給新村的人。我想稍過幾時,他們就會明白了。世間無論怎樣的講壞活,可請不必憂慮,我們不久必將漸為村人所愛,村人看見我們到了許多人,難免覺得奇怪;聽說還疑心我們到這裡來養貍子,將皮去賣錢呢。」《新村》第二卷一號

原來人生的福音,雖然為萬人幸福設法,但因為他們不明白,所以免不了有許多謬見。那些村人的誤會,只要曉得了真相,自然可以消除;只有執著謬誤思想的政治家道德家,文人主筆一流人物,難得有覺悟的時候。武者小路氏說,「太陽雖然一樣的照臨,但眾人未必能夠一樣的容受他的恩惠。」又說,「土

撥鼠不能愛日光。這在土撥鼠是不幸,但在太陽不是不名譽。」
這正是極確的話。

■ 日本的新村

新村的理想與實際

　　新村的理想，簡單的說一句話，是人的生活。這人的生活可以分為物質的與精神的兩方面，物質的方面是安全的生活，精神的方面是自由的發展。安全的生活本是一切生物的本能的要求，人類也自然是一律的，算不得什麼新理想，不過求這生活的方法與內容有點不同罷了。以前的爭存，固然也有同類互助與異類相爭，但同類中也一樣劇烈的爭鬥。現在是想將生存競爭的法則加以修正，只限於人與自然力或異類的中間，若在人間同類，不但不應爭鬥，而且還應互助了平和的生活才是。生活的內容也與以前的不同。在這互助的平和的生活裡面，什麼功名富貴本已沒有價值，第一重要的，還是衣食住這幾件生活必要的事項。要是這幾件事沒有正當的解決，生活就根本上搖動，人人覺得不安，同現在情形一樣。所以新村關於這個問題，特別的注重，他們主張以協力的勞動，造成安全的生活，換一句話，也就是「各盡所能，各取所需」的生活。但照新村的理想，勞動與生活這兩件事，各是整個的，是不可分割的。人人有生存的權利，所以應無代價的取得衣食住，但這生活的數據，須從勞動得來，所以又應盡勞動的義務。這與平常說的「不勞動則不得食」不同。因為新村的勞動是對於人類──社

新村的理想與實際

會——的義務,並非將力氣來抵算房飯錢。倘若說「一日不勞動,一日不得食」,那就與現今的勞動者將一日的勞動換一日的生存,把生命與勞動切片另賣,沒有什麼區別。在自然界中,這原是當然的法則,在特別情形底下——譬如魯賓遜的樣子,也是不得已的事情。

但在現今,這種不安全的生活,是人情所不能堪的,所以想設法救正,至於辦法上的困難,大約可以信託人智,容易解決。因為人的智識進步,一方面可以利用機械的力,增加出產,一方面道德思想改變,許多惡德也可減去了。大家在這村裡,各依了他能力所及,挑選一種工作去做,能做難重的工作,或是做的好的多,固然最好,即使只能做平常的工,也不妨事,一樣的能得安全的生活——無代價的取得健康生活上必要的衣食住。譬如一個人在村裡,只作了一天的工,卻害了一年的病,他的待遇,在作工的一天與害病的一年裡,都是一樣,就是無代價的取得康健生活上必要的衣食住——及醫藥。他的一天的工作是他對於人類所盡的義務,他的一年的待遇是人從人類所得的權利。因為各人於自己勞動,也就為不幸的鄰人勞動了,所以那不幸的病的,老的,幼的,不能勞動的人,也可以安全的生活。

新村的物質的一面的生活,完全以互助,互相依賴為本,但在精神一面的生活,卻是注重自由的發展的。我們承認全人的生活,第一步是物質的滿足,但我們不能就認作人生的全

體。人生的目的不僅是在生存,要當利用生存,創造一點超越現代的事業,這才算順了人類的意志 —— 社會進化的法則,盡了做人的職務,不與草木同腐。英國有一個人說,「與其使工人能讀 Bacon（培根）,還不如使他們能吃 Bacon（火腿）。」這話固然也有一半真理,但應該知道,工人如真能有吃火腿的時候,其中也有一部分是培根的功勞。我們如得到文明的恩惠,不能不感謝創造這文明的人們。新村的理想是不但要工人能吃火腿兼讀培根,還希望其中能出多少培根,來惠益人類。所以他們一面提倡互助的共同生活,一面主張個性的自由的發展。他們希望因物質文明進步的結果,每人每天只要四點鐘勞動,就夠用了,留出其餘的工夫,做自己的事。有特別才能的人,並可以免去工作,專心研究,因這科學或藝術的研究,其在社會上的利益,不下於生利的手的工作,所以可以相當。

　　但倘這研究與勞動沒有牴觸,無免除的必要,那當然不成問題了。這個辦法,有人或者疑心是不平等的,似乎一種階級制度,實在是不然的。我們以人類的一個相對,各各平等,但實際上仍然是各各差異。性情嗜好的不等,天分的高下,專門技工的不同,都是差異,卻不是階級。階級的不好,在於權利義務的不平等。現在權利卻是平等,不過義務不同,不是量的不同,只是性質的不同。力氣大的人,去伐木鑿石,不很覺的辛苦,或者反以為愉快,但叫他做一問代數反很為難了。倘使強迫黴菌學家,立刻丟下顯微鏡,去修理馬路,不但在他很是

新村的理想與實際

　　為難,而且成績也未必能好,都是極不經濟的。這原不過是兩個極端的例,在這中間能夠調和,放下顯微鏡拿起鐵錘的人,自然也可以多有的。總之尊重個性,使他自由發展,在共同生活中,原是不相牴觸的,因為這樣才真能使人「各盡所能」,不僅是為個人的自由,實在也為的是人類的利益。

　　新村的理想的人的生活,是一個大同小異的世界。物質的生活是一律的,精神的生活是可以自由的。以人類分子論,是一律的,以個人論,不妨各各差異,而且也是各各差異的好。各國各地方各家族各個的人,只要自覺是人類的一分子,與全體互相理解,互相幫助而生活,其餘凡是他的國的,地方的,家族及個人的特殊性質,都可以 —— 也是應該 —— 儘量發展,別人也應當歡迎的。不過這小異的個性,不要與大同的人性違反就好了。譬如法國他的對於文化的貢獻,都是法國人民的榮譽,也是人類的喜悅,但是那絕對的傳統主義(Traditionalism)的思想,當然是例外了,倘若藉口大同,迫壓特殊的文化與思想,那又是一種新式的專制,不應該有的。大同與統一截然不同,文化與思想的統一,不但是不可能,也是不能堪的。假使統一的世界居然出現,大家只用數目相稱,作息言動,都是一樣,所知道的大家都知道,不知道的大家也都不知道,無論社會進化必不可期,就是這生活的單調與沉悶,也就夠難受了。所以新村的理想,這將來合理的社會,一方面是人類的,一方面也注重是個人的。

或者因此說新村是個人主義的生活。新村的人雖不曾說過他們是根據什麼主義的，但照我個人的意見，卻可以代他們答應一個「是」字。因為我想人類兼有自己儲存與種族儲存的兩重本能，所以為我與兼愛都是人性裡所有的，但其先如沒有徹底的自覺做根本，那為我只是無意識的自私自利，兼愛實只是盲目的感情的衝動。愈是徹底的知道愛自己的，愈是真切的能夠愛他人裡的自己。王爾德（O・Wilde）在《從深淵裡》（*De Profundis*）中間，曾說過基督是世界第一個人主義者，這雖然還含有別的意思，但我覺得他這話很有道理。不從「真的個人主義」立腳，要去與社會服務，便容易投降社會，補苴罅漏的行點仁政，這雖於貧民也不無小補，但與慈善事業，相差無幾了。

上面所說的是新村的理想的大略，但在實際上辦到怎麼一個情形呢？老實說，正同村裡的人自白一樣，現在的村還沒有發達成了正式的新村。

第一，他們已經設了兩個村，一共不到一百畝地，現在有三十九個人在那裡生活，但出產與消費還不能相抵，須仰給於村外的幫助。不過這一件事據他們預算，再過一年，可以改去了。

第二，村裡每月的生活費金五百元，大半須別人捐集，目下自然沒有餘力，裝置各種研究醫療娛樂的組織。因此表面上看來，還是一個平常的農村，其中是一般遁世的少年，在那裡躬耕，享紅塵外的清福。

新村的理想與實際

　　其實是大謬不然的。他們的現在的生活，因為物質力的缺乏的緣故，很是簡陋，看來或有狠像中國古代的隱逸，——雖然這些詳細的生活情形，我們是毫不知道，——但那精神完全是新村的，具體而微，卻又極鮮明確定的，互助與獨立的生活。——他們相信人如不互相幫助，不能得幸福的生活，絕不是可以跳出社會，去過荒島的生活的。他們又相信只要不與人類的意志——社會進化的法則相違反，人的個性是應該自由發展的。這種生活的可能，他們想用了自己實行的例來證明他。這件事可以說有了幾分的成功，安全的生活的確定，還要略等時間的經過，其餘試驗的成效多是很好。他們每天工作，現在暫定八小時，但因了自己的特別的原因，多少也自由的，工作是分工的，現在只是農作，但不是如孟子所說的並耕。他們不預備在現今經濟制度底下，和資本的組織去角逐，所以不必要的劇烈勞動，在男子也努力免去，在女子更無去做的必要。他們主張「男人做男的事，女人做女的事」，但這也不過是各盡所能，不是什麼階級。村裡沒有行政司法等組織，也沒有規定的法律訓條，只以互相尊重個性為限，都可以自由言動。每月第一日開一次會議，商量本月應行的事項，總以大家了理容納為定，不取多數決的辦法。男女交際與戀愛是自由的，但結合是希望永久的，不得已的分離，當然是正當的例外。結婚的儀式，純是親友間披露的性質，夫婦本位的小家庭就算成立。子女仍在家庭養育，不過這數據也是公共的，所以兒童公育這制

度可以不要了。現在的這問題的困難,差不多全由於現今經濟制度的迫壓,倘沒有這迫壓,便也沒有困難了。就是婦女解放也是一樣。卡本特(Ed・Carpenter)在《愛的成年》上曾說過,「女子的真自由,終須以社會的共同制度為基礎。」這樣的社會裡,從前的夫婦親子結婚家庭各名稱,自然的失了舊有的壞的意義,更沒有改換之必要。

要是現今的社會裡,即使改稱夫婦作朋友,事實上的牽制還是一樣的。村裡工作的餘暇,都用在自修上面,現在學術研究的裝置還全然缺如,科學是很難的,又因為性質的相近,大都從事於藝術上的研究與創作。這藝術的空氣的普遍,的確是新村的一種特色,或者有人要說,這正表明他們是空想家,「烏托邦」的住民,也未可知。但我想這種空氣,在一切的新社會裡,是必要的。「生活的物質的滿足,結果不免成為一種老死不相往來的靜的生活。學術藝文的精神,常能使我們精神相通。」村裡第二種的特色,是宗教的空氣。他們對於自己的理想,都抱著很深的確信,所以共通的有一種信仰。信教全是自由,但依歸那一宗派卻也沒有,他們有喜歡佛陀的,孔子的,可是大多數是喜歡耶穌的教訓。他們相信有神的意志支配宇宙,人要能夠順從神的意志做去,才能得真正幸福的生活,世人的聖人便是能夠先知這意志,教人正當的生活的人。神的意志是這樣呢,這就是人類的意志,——社會進化的法則。這思想本來很受托爾斯泰的基督教的影響,但實際卻又與尼采的進化論的宗

新村的理想與實際

教相合了。

總之新村的人不滿足於現今的社會組織，想從根本上改革他，終極的目的與別派改革的主張雖是差不多，但在方法上有點不同。

第一，他們不贊成暴力，希望平和的造成新秩序來。

第二，他們相信人類，信託人間的理性，等他醒覺，回到正路上來。

譬如一所破屋，大家商量改造，有的主張順從了幾個老輩的意思，略略粉飾便好，有的主張違反了老輩的意思，硬將屋拆去了，再建造起來。新村的人主張先建一間新屋，給他們看，將來住在破屋裡的人見了新屋的好處，自然都會明白，情願照樣改造了。要是老輩發了瘋，把舊屋放火燒起來，那時新屋也怕要燒在裡面，或是大家極端迷信老輩，沒有人肯聽勸告，自己改造，那時新村也真成了隱逸的生活，不過是獨善其身罷了。但他不相信人類會如此迷頑的，只要努力下去，必然可以成功。這理想的，平和的方法，實在是新村的特殊的長處，但同時也或可以說是他的短處，因為他信託人類，把人的有幾種惡的傾向輕輕看過了。可是對於這個所謂短處，也只有兩派主義的人才可以來非難他，這就是善種學（Eugenics）家與激烈的社會主義者。我相信往自由去原有許多條的路，只要同以達到目的為目的，便不妨走不同的路。方才所說的兩派與新村，表面很有不同，但是他們的目的是一樣的，都是想造起一種人的生

活，所以我想有可以互相補足的地方，不過我是喜歡平和的，因此贊成新村的辦法罷了。

■ 新村的理想與實際

訪日本新村記

今年四月中,我因自己的事,渡到日本,當初本想順路一看日向(Hyuga)的新村(Atarashiki Mura),但匆促之間竟不曾去。在東京只住了十幾天,便回北京,連極便當的上野(Ueno)尚且沒有到,不必說費事的遠處了。七月中又作第二次的「東遊」,才挪出半個月工夫,在新村本部住了四日,又訪了幾處支部,不但實見一切情形,並且略得體驗正當的人的生活的幸福,實是我平生極大的喜悅,所以寫這一篇記,當作紀念。

七月二日從北京趁早車出發,下午到塘沽,趁郵船會社的小汽船,上了大汽船,於六時出帆。四日大霧,在朝鮮海面停了一天,因此六日早上才到門司(Moji),便乘火車往吉松(Yoshimatsu)。當日從基隆來的汽船也正到港,所以火車非常雜沓,行李房的門口,有幾個肥大波羅蜜,在眾人腳下亂滾,也不知誰掉的,這一個印象,已很可見當日情形了。從門司至吉松,約二百英里,大半是山林,風景非常美妙。八代(Yatsushiro)至人吉(Hitoyoshi)這三十英里間,真是「千峰競秀,萬壑爭流」;白石(Shiroishi)與一勝地(Isshochi)兩處,尤其佳勝。火車沿著溪流,團團迴轉,左右兩邊車窗,互動受著日光,又不知經過若干隧道,令人將窗戶開閉不迭。下望谷間,茅舍點

訪日本新村記

點，幾個半裸體的小兒，看火車過去，指手畫腳的亂叫。明知道生活的實際上，一定十分辛苦，但對此景色，總不免引起一種因襲的感情的詩思，彷彿離開塵俗了。據實說，在別一義上，他們的生活，或真比我們更真實更幸福，也未可知。但這話又與盧梭所說的自然生活，略有不同；我所羨慕的便在良心的平安，這是我們營非生產的生活的人所不能得的。過人吉十二英里到矢嶽（Yadake），據地圖指示，是海拔四千尺。再走十英里，便到吉松，已是七時半，暫寓驛前的田中旅館。這旅館雖然簡陋，卻還舒服，到屋後洗過浴，去了發上粒粒的煤煙，頓覺通身輕快，將連日行旅的睏倦也都忘了。

吉松是鹿兒島（Kagoshima）縣下的一個小站，在重山之中，極其僻靜；因為鹿兒島線與宮崎（Miyazaki）線兩路在此換車，所以上下的人，也頗不少。但市面很小，我想買一件現成浴衣，問過幾家，都說沒有，而且也沒有專門布店，只在稍大的雜貨店頭放著幾匹布類罷了。鹿兒島方言原極難懂，在火車或旅館裡，雖然通用東京語，本地人卻仍用方言；向商店買物，須用心問過一兩遍，才能明白他說有或沒有，或多少錢。雜貨店的女人見顧客用東京話，卻不很懂她的語言，便如鄉下人遇見城裡人一般，頗有忸怩之色。其實只要有一種國語通用，以便交通，此外方言也各有特具的美，儘可聽他自由發展，形式的統一主義，已成過去的迷夢，現在更無議論的價值了。將來因時勢的需要，可以在國語上更加一種人類通用的世界語，此

外種種國語方言，都任其自然，才是正當辦法；而且不僅言語如此，許多事情也應該如此的。

　　七日早晨忽晴忽雨，頗不能決定行止，但昨日在博多（Hakata）驛已經發電通知新村，約了日期，所以很難耽擱，便於九時半離吉松，下午二時到福島町（Fukushimamachi），計七十八英里。從此地買票乘公共馬車往高鍋（Takanabe），計程日本三里餘，合中國約二十里，足足走了兩時間。到此已是日向國，屬宮崎縣，在九州東南部，一面臨海，一面是山林，馬車在這中間，沿著縣道前進。我到這未知的土地，卻如曾經認識一般，發生一種愉悅的感情。因為我們都是「地之子」，所以無論何處，只要是平和美麗的土地，便都有些認識。到了高鍋，天又下雨了，我站在馬車行門口的棚下，正想換車往高城（Takajo），忽見一個勞動服裝的人近前問道，「你可是北京來的周君嗎？」我答說是，他便說，「我是新村的兄弟們差來接你的。」旁邊一個敝衣少年，也前來握手說，「我是橫井。」這就是橫井國三郎（K・Yokoi）君，那一個是齋藤德三郎（T・Saito）君。我自從進了日向已經很興奮，此時更覺感動欣喜，不知怎麼說才好，似乎平日夢想的世界，已經到來，這兩人便是首先來通告的。現在雖然仍在舊世界居住，但即此部分的奇蹟，已能夠使我信念更加堅固，相信將來必有全體成功的一日。我們常感著同胞之愛，卻多未感到同類之愛；這同類之愛的理論，在我雖也常常想到，至於經驗，卻是初次。新村的空氣中，便只充滿這

訪日本新村記

愛，所以令人融醉，幾於忘返，這真可謂不奇的奇蹟了。

齋藤橫井兩君跟我在高鍋僱了一輛馬車，向高城出發，將橫井君所乘的腳踏車，縛在馬車右邊。原來在博多發出的至急電報，經過二十四時間才到村裡，大家急忙出來；橫井君先乘腳踏車到福島町驛時，火車早到，馬車也出發了，於是重回高鍋，恰好遇著。我們的車去高鍋不遠，又見武者小路實篤（S・Mushanokoji）先生同松本長十郎（C・Matsumoto）福永友治（T・Fukunaga）兩君來接，便同坐了馬車，直到高城，計程二里餘（約中國十二三里），先在深水旅館暫息。這旅館主人深水桑一（K・Fukamizu）是一個五十多歲的老人，本業薪炭，兼營旅宿；當時新村的人在日向尋求土地，曾在此耽擱月餘，他聽這計畫，很表同情，所以對於新村往來的人，都懷厚意，極肯招待。我們閒談一會，吃過飯，橫井君到屋後的大溪裡去捕魚，一總捕到十尾鰍魚一匹蝦，非常高興，便將木條編成的涼帽除下，當作魚籠，用繩繫了口。六時半一齊出發，各拿燈籠一盞，因為高城至新村所在的石河內（Ishikauchi）村，計程三里（中國十八里強），須盤過一座嶺，平常總費三時間，到村時不免暗了。雨後的山路，經馬蹄踐踏，已有幾處極難行走，幸而上山的路不甚險峻，六個人談笑著，也還不覺困難；只是雨又下了，草帽邊上點點的滴下水來，洋服大半濡溼，松本君的單小衫更早溼透了。八時頃盤過山頂，天色也漸漸昏黑，在路旁一家小店裡暫息，喝了幾杯汽水與泉水，點起蠟燭，重複

上路。可是燈籠被雨打溼，紙都酥化了，齋藤君的燭盤中途脫落，武者先生的竹絲與紙分離，不能提了，只好用兩手捧著走，我的當初還好，後來也是如此。其先大家還笑說，這許多燈籠，很像提燈行列；現在卻只剩一半，連照路都不夠了。

　　下山的路，本有一條遠繞的坦道，因為時候已遲，決計從小路走。這路既甚峻急，許多處又非道路，只是山水流過的地方，加以雨後，愈加犖确難行，腳力又已疲乏，連跌帶走，竭力前進，終於先後相失。前面的一隊，有時站住，高聲叫喊，招呼我們。山下「村」裡的人，望見火光，聽到呼聲，也大聲叫道 oi！這些聲音的主人，我當時無一認識，但聞山上山下的呼聲，很使我增加勇氣，能自支援。將到山腳，「村」裡的人多在暗中來迎，匆促中不辨是誰，只記得拿傘來的是武者小路房子（Fusako）夫人，給我被上外套的似是川島傳吉（D‧Kawashima）君罷了。到石河內時，已經九時半，便住武者先生家中；借了衣服，換去溼衣，在樓上聚談。這屋本是武者先生夫婦和養女喜久子（Kikuko），松本君和春子（Haruko）夫人，杉本千枝子（Sugimoto Chieko）君五人同住。當時從「村」裡來會的，還有荻原中（W‧Hagiwara）弓野徵矢太（S‧Kiuno）松本和郎（K‧Matsumoto）諸君。大家喝茶閒話，吃小饅頭和我從北京帶去的葡萄乾，轉瞬已是十二時，才各散去。這一日身體很疲勞，精神卻極舒服，所以睡得非常安穩，一覺醒來，間壁田家的婦女，已都戴上圓笠，將要出坂工作去了。

■ 訪日本新村記

　　八日上午，只在樓上借 Van Gogh 和 Cézanne 的畫集看，午飯後，同武者先生往「村」裡去。出門向左走去，又右折，循著田塍一直到河邊。這河名叫小丸川 (Komarugawa)，曲曲折折的流著，水勢頗急，有幾處水石相搏，變成很險的灘。新村所在，本是舊城的遺址，所以本地人就稱作城 (Jō)，彷彿一個半島，川水如蹄鐵形，三面圍住，只有中間一帶水流稍緩，可以過渡。河面不過四五丈寬，然而很深，水色青黑，用竹篙點去，不能到底。過河循山腳上去，便是中城，村的住屋就在此，右手是馬廄豬圈，左手下面還有一所住屋，尚未竣工。我們先在屋裡暫坐，遇見的人，除前日見過的以外，又有佐後屋 (Sagoya) 土肥 (Dohi) 辻 (Tsuji) 河田 (Kawada) 宮下町子 (Miyashita Machiko) 今西京子 (Imanishi Keiko) 諸君。這屋本是近村田家的舊草舍，買來改造的，總共十張席大的三間，作為公共住室，別有廚房與圖書館兩間；女人因新築未成，都暫住在馬廄的樓上。這屋的前面，有一條新造大路，直到水邊，以便洗濯淘汲。再向右走，是一片沙灘，有名的 Rodin 岩便在這裡，水淺時徒涉可到，現在卻浸在水中，宛然一隻蝦蟆，真可稱天然的雕刻。從屋後拾級而上，到了上城，都是旱田，種些豆麥玉蜀黍茄子甘薯之類；右手有一座舊茅蓬，是齋藤君住宿兼用功的所在。看過一遍，復回石河內，翻閱 Goya 的畫，有關於那頗侖時法西戰爭和鬥牛的兩卷，很是驚心動魄，對於人的運命，不禁引起種種感想，失了心的平和。晚間川島荻原諸君又

從村裡來,在樓上閒談,至十二時散去。

　　新村的土地,總共約八千五百坪(中國四十五畝地餘),住在村裡的人,這時共十九人,別有幾人,因為省親或養病,暫時出去了。畜牧一面,有母馬一匹,山羊三頭,豬兩隻,狗兩隻,一叫 Michi,一叫 Bebi(baby?),是一種牛犬;此外還有家雞數種。那狗都很可愛,第二次見我,已經熟識,一齊撲來,將我的浴衣弄得都是泥汙了。就是那兩隻豬,也很知人意,見人近前,即從柵間拱出嘴來討食吃,我們雖然還未能斷絕肉食,但看了他,也就不忍殺他吃他的肉了。現在村中的出產,只有雞卵,卻仍然不夠供給,須向石河內田家添買;當初每個一錢五釐,後來逐漸漲價,已到四錢,這一半固然是物價增加的影響,但大半也因為本地人的誤解,以為他們是有錢人,聊以種田當作娛樂,不妨多賺幾文的。此地風俗本好,不必說新村,便是石河內村,已經「夜不閉戶」,甚可稱歎;只有因襲的偏見,卻終不能免,更無怪那些官吏和批評家了。石河內區長也有幾分田地在下城,新村想要收買,區長說非照時價加倍不可,其實他錢也夠多了,何必更斤斤較量,無非藉此刁難罷了。耶穌說富人要進天國,比駱駝鑽過針孔還難,這話確有道理,可惜他們依然沒有悟。

　　新村的農作物,雖然略有出產,還不夠自用,只能作副食物的補助。預計再過三五年,土地更加擴充,農事也更有經驗,可以希望自活,成為獨立的生活;這幾年中,卻須仗外邊的寄贈,

訪日本新村記

才能支援。每人每月米麥費六圓（約中國銀三元半），副食物一圓，零用一圓，加上一切別的雜費，全部預算每月金二百五十圓。這項經常費，有各地新村支部的寄贈金，大略出入可以相抵；至於土地建築農具等臨時費，便須待特捐及武者先生著作的收入等款項了。我在村時，聽說武者先生的我孫子（Abiko）新築住屋，將要賣去，雖然也覺可惜，但這款項能有更好的用途，也沒有什麼遺憾。新村本部更在日向（詳細地名是日向國兒湯郡木城局區內），其餘東京大阪京都以至福岡北海道各地，都有支部，協力為新村謀發達。會員分兩種，凡願入村協力工作，依本會精神而生活者，為第一種會員；真心贊成本會精神，而因事情未能實行此種生活者，為第二種會員。

　　第一種會員的義務權利，一律平等，共同勞動；平時衣食住及病時醫藥等費，均由公共負擔。

　　第二種會員除為會務盡力之外，應每月捐金五十錢以上，「以懺除自己的生活不正當的惡」。

　　這是現行會則的大要。照目下情形看來，這第一新村經濟上勉強可以支援，世間的同情也頗不少；只是千百年來的舊制度舊思想，深入人心，一時改不過來，所以一般的冷淡與誤解，也未能免。但我深信這新村的精神決無錯誤，即使萬一失敗，其過並不在這理想的不充實，卻在人間理性的不成熟。「要來的事，總是要來」，不過豫備不同，結果也就大異。新村的人，要將從來非用暴力不能做到的事，用平和方法得來，在一

般人看來，似乎未免太如意了；可是他們的苦心，也正在此。中國人生活的不正當，或者也只是同別國彷彿，未必更甚，但看社會情形與歷史事蹟，危險極大，暴力絕對不可利用，所以我對於新村運動，為中國的一部分人類計，更是全心贊成。

　　九日上午，橫井君來訪，並將自作的詩《自然》及《小兒》二章見贈。他的話多很對，但以中國為最自然最自在的國，卻未免過譽。午前同武者先生松本君等渡河至中城，剛有熊本（Kumamoto）的第五高等學校學生五人來訪新村，便同吃了飯。飯是純麥，初吃倒也甘美；副食物是味噌（Miso 一種豆製的醬）煮昆布一碗，煮豆一碟。食畢，大家都去做事，各隨自己的力量，並無一定限制，但沒有人肯偷懶不做的。新村的生活，一面是極自由，一面卻又極嚴格。「村」人的言動作息，都自負責任，並無規程條律，只要與別人無礙，便可一切自由；但良心自發的制裁，要比法律嚴重百倍，所以人人獨立，卻又在同一軌道上走，製成協同的生活。日常勞動，既不是為個人的利益，也不是將勞力賣錢，替別人做事，只是當作對於自己和人類的一種義務做去；所以作工時候，並無私利的計畫與豫期，也沒有厭倦。他的單純的目的，只在作工，便在這作工上，得到一種滿足與愉樂。我想工廠的工人，勞作十幾小時之後，出門回家，想必也有一種愉快，但這種心情，無異監禁期滿的囚人得出獄門光景，萬分可憐。義務勞動，乃是自己的生活的一部分；這勞動遂行的愉快，可以比生理需要的滿足，但

訪日本新村記

　　這要求又以愛與理性為本,超越本能以上,——也不與人性衝突,——所以身體雖然勞苦,卻能得良心的慰安。這精神上的愉快,實非經驗者不能知道的。新村的人,真多幸福!我願世人也能夠分享這幸福!

　　當日他們多赴上城工作,我也隨同前往。種過小麥的地,已經種下許多甘薯;未種的還有三分之二,各人脫去外衣,單留襯衫及短褲布襪,各自開掘。我和第五高等的學生,也學掘地,但覺得鋤頭很重,盡力掘去,吃土仍然不深,不到半時間,腰已痛了,右掌上又起了兩個水泡,只得放下,到豆田拔草。恰好松本君拿了一籃甘薯苗走來,叫我幫著種植。先將薯苗切成六七寸長,橫放地上,用手掘土埋好,只留萌芽二寸餘露出地面。這事很容易,十餘人從三時到六時,或掘或種,將所剩空地全已種滿,都到下城 Rodin 岩邊,洗了手臉,坐在石上,看 Bebi 鑽下水去挑選起石子來。我也在水濱拾了兩顆石子,一個綠色,一個灰色,中間夾著一條白線;後來到高城時,又在山中拾得一顆層疊花紋的,現在都藏在我的提包裡,紀念我這次日向的快遊。回到中城在草地上同吃了麥飯,回到寓所,雖然很睏倦,但精神卻極愉快,覺得三十餘年來未曾經過充實的生活,只有這半日才算能超越世間善惡,略識「人的生活」的幸福,真是一件極大的喜悅。還有一種理想,平時多被人笑為夢想,不能實現,就經驗上說,卻並非「不可能」,這就是人類同胞的思想。

我們平常專講自利，又抱著謬見，以為非損人不能利己，遇見別人，──別姓別縣別省的人，都是如此，別國的人更無論了，──若不是心中圖謀如何損害他，便猜忌怨恨，防自己被損。所以彼此都「劍拔弩張」，互相疾視。倘能明白人類共同存在的道理，獨樂與孤立是人間最大的不幸，以同類的互助，與異類爭存，（我常想如能聯合人類知力，抵抗黴菌的侵略，實在比什麼幾國聯盟幾國協約，尤為合理，尤為重要，）才是正當的辦法，並耕合作，苦樂相共，無論那一處的人，即此便是鄰人，便是兄弟。武者先生曾說，「無論何處，國家與國家，縱使交情不好，人與人的交情，仍然可以好的，我們當為『人』的緣故，互相扶助而作事。」（《新村》第二年七月號）這話甚為有理，並非不可能的空想。我在村中，雖然已沒有「敝國貴邦」的應酬，但終被當作客人，加以優待，這也就是歧視；若到田間工作，便覺如在故鄉園中掘地種花，他們也認我為村中一個工人，更無區別。這種渾融的感情，要非實驗不能知道；雖然還沒有達到「汝即我」的境地，但因這經驗，略得證明這理想的可能與實現的幸福，那又是我的極大喜悅與光榮了。

　　我當初的計畫，本擬十日出村，因為腳力未復，只得展緩一日，而且入村以來，精神很覺愉快，頗想多留幾日，倘沒有非早到東京不可的事，大約連十一日也未必出村了。武者先生本要我在村中種樹一株，當作紀念，約定明日去種；到了晚間，忽然大風大雨，次日也沒有住，終於不能實行。武者先生便拿

訪日本新村記

一卷白布，教我寫幾個字，以代種樹；我的書法的位置，在學校時是倒數第二，後來也沒有臨帖，絕不配寫橫幅單條的，但現在當作紀念，也就可以不論了。村裡的一張是，「子曰，仁遠乎哉？我欲仁，斯仁至矣。」武者先生的一張是，「子曰，內省不疚，夫何憂何懼？」這兩節的文句，都是武者先生選定的；他本教我寫愛讀的詩，我雖然偶看陶詩，卻記不起稍成片段的了，武者先生現在正研究耶穌和孔子，有《論語》在手頭，便選了這兩節。房子夫人的一塊綾上寫了我的《北風》一首詩，又將這詩的和譯為松本君寫了一張。村裡的川島荻原諸君，冒雨走來，在樓上閒話；到下午雨更大了，小丸川的水勢增漲，過渡很難，他們便趕緊回村去了。晚間同松本君商定路程，他本要回家一走，因我適值也往東京，便約定同行，由他介紹，順路訪問各地的新村支部，預定大阪（Osaka）京都（Kyoto）濱松（Hamamatsu）東京（Tokyo）四處；照路線所經，還有福岡（Fukuoka）神戶（Kobe）橫濱（Yokohama）三處，因為時間不足，只好作罷了。

十一日仍舊下雨，上午八時，同松本君出發，各著單衣布襪，背了提包；我的洋服和皮鞋，別裝一包，武者先生替我背了。房子夫人春子夫人喜久子千枝子二君，也同行，送至高城。村裡的諸君，因為川水暴漲，過來不得；我們走上山坡，望見那蝦蟆形的 Rodin 岩已經全沒水中，只露出一點嘴尖了。山上的人與村中的人，彼此呼應，一如日前到村時情景，但時間既

然侷促，山路又遠，我們不得不離遠了揮手送別的村人，趕快走路。竭力攀上山嶺，路稍平易，但雨後積水很多，幾處竟深到一尺，泥濘的地方，更不必說了。十一時到高城，在深水旅館暫息，卻見昨日動身的佐後屋君也還未走，聽說高城高鍋間與高鍋福島町間的木橋都被山水衝失了橋柱，交通隔絕了；所以我們沒法，也只得在高城暫住。從樓上望去，高城的橋便在右手，缺了一堵柱腳，橋從中間折斷，幸而中途抵住，所以行人還能往來，只是要乘馬車，必須過橋。十二日早晨松本君往問車馬行的人，才知道高鍋福島町間的橋並未沖壞，於是決計出發。我同松本佐後屋二君，僱了一臺馬車，武者先生千枝子君也同乘了，到了高鍋，才是十時半。在店裡吃過加非果物，到街上閒走，心想買幾本書籍，當作火車中的消遣，但村中書店只有一家，也挑選不出什麼好書，縮印本夏目漱石（K・Natsume）的《哥兒》（*Botchan*）之類，要算最上品了。七月號的《我等》（*Warera*）卻已寄到，其中有武者先生的劇本《新浦島的夢》（*Shin Urashima no Yume*）一篇，便買取一冊，在宮崎線車中看完，是說明新村的理想的，與《改造》（*Kaizo*）中的一篇《異樣的草稿》（*Henna Genko*）反對戰爭的小說，都是很有價值的文學。十二時別了武者先生諸人，換坐馬車，下午二時到福島町驛。四時火車出發，九時至吉松換車，夜三時到大牟田（Omuta），佐後屋君別去。

十三日晨到門司，過渡至下關（Shimonoseki），乘急行車，

訪日本新村記

晚十一時到大阪,茶谷半次郎(H．Chatani)君到車站來迎,便在其家寄宿。十四日上午開發(Kaihatsu)福島(Fukushima)奧村(Okumura)諸君來訪。下午往京都,茶谷君同行,至內藤(Naito)君家,見村田(Murata)喜多川(Kitakawa)小島(Kojima)諸君,晚飯後同遊丸山(Maruyama)公園。京都地方雖然也很繁盛,但別有一種閒靜之趣,與東京不同,覺得甚可人意;東京的日比谷(Hibiya),固然像暴發戶的花園,上野雖稍好,但比丸山便不如了。回寓之後,東京的永見(Nagami)君也來了。十二時半離京都,茶谷君也回大阪,將富田(Tomida)氏譯的 Whitman 詩集《草之葉》(Leaves of Grass)第一卷見贈。十五日上午七時到濱松,住竹村啟介(K．Takemura)君外家,見河採(Kawakatsu)君。晚十時出發,十六日晨六時半抵東京驛,長島豐太郎(T．Nagajima)佐佐木秀光(H．Sasaki)今田謹吾(K．Imada)諸君來迎,在休憩室稍坐,約定下午六時在支部相聚。我先到巢鴨(Sugamo)寓居,傍晚乘電車至神田大和町(Kanda Yamatocho)訪新村的東京支部,到者除上列諸人以外,有木村(Kimura)西島(Nishijima)宮阪(Miyasaka)平田(Hirata)新良(Nira)諸君共十二人,九時散歸。統計十日間,將新村本部與幾處支部歷訪一遍,雖然很草草,或者也可以略得大概。Bahaullah 說,「一切和合的根本,在於相知,」這話真實不虛。新村的理想,本極充滿優美,令人自然嚮往,但如更到這地方,見這住民,即不十分考察,也能自覺的互相了解,這不

但本懷好意的人群如此，即使在種種意義的敵對間，倘能互相知識，知道同是住在各地的人類的一部分，各有人間的好處與短處，也未嘗不可諒解，省去許多無謂的罪惡與災禍。我此次旅行，雖不能說有什麼所得，但思想上因此稍稍掃除了陰暗的影，對於自己的理想，增加若干勇氣，都是所受的利益，應該感謝的。所以在個人方面，已很滿足，寫這一篇，以為紀念。但自愧表現力很不充足，或不能將我的印象完全傳達，這都是我的責任，不可因此誤解了新村的真相。

一九一九年七月三十日
在東京巢鴨村記

■ 訪日本新村記

遊日本雜感

　　我的再到日本與第一次相隔九年，大略一看，已覺得情形改變了不少。第一是思想界的革新，一直從前本來也有先覺的議論家和實行家，只是居極少數，常在孤立的地位，現在的形勢，卻大抵出於民眾的覺醒，所以前途更有希望。我以為明治的維新，在日本實是一利一害。利的是因此成了戰勝的強國，但這強國的教育，又養成一種謬誤思想，很使別人受許多迷惑，在自己也有害。這道理本極瞭然，近來各方面發起一種運動，便想免去這害。其實也不單為趨利避害起見，正是時代精神的潮流，誰也不能違抗。所以除了黎明會福田博士的日本主義之外，也頗有不再固執國家主義的人，大學生的新人會尤有新進銳氣。日本思想界情形，似乎比中國希望更大，德謨克拉西的思想，比在「民主」的中國更能理解傳達，而且比我們也更能覺察自己的短處，這在日本都是好現象。但如上文所說，日本因為五十年來德國式的帝國主義教育，國民精神上已經很受斲喪，中國卻除了歷史的因襲以外，制度教育上幾乎毫無新建設，雖然得不到維新的利，也還沒有種下什麼障礙，要行改革可望徹底。譬如建築，日本是新造的假洋房，中國卻還是一片廢址，要造真正適於居住的房屋，比將假洋房修改，或者更

遊日本雜感

能得滿足的結果。我們所希望的,便是不要在這時期再造假洋房,白把地基糟塌。幸而從時勢上看來,這假洋房也斷然不能再造,不過我們警告工程師,請他們注意罷了。六月間美國杜威博士在北京講演教育,也說到這一事。杜威博士到中國才幾禮拜,就看出中國這唯一的優點,他的犀利的觀察,真足教我們佩服了。

※　　※　　※

日本近來的物價增加,是很可注意的事。白米每石五六十元,雞蛋每個金七八錢,毛豆一束七十餘錢,在中國南方只值三四分銀罷了。大約較七八年前百物要貴到三倍,然而人民的收入不能同樣增加,所以很覺為難,所謂無產階級的「生活難」的呼聲,也就因此而起了。若在東京並且房屋缺乏,僱工缺乏,更是困難。幾個人會見,總提起尋不到住房的苦,使女的工錢從前是兩三元,現在時價總在六七元以上,尚且無人應僱,許多人家急於用人,至於用懸賞的方法,倘若紹介所能為他尋到適用的使女,除報酬外,另給賞金十元。歐戰時候,有幾種投機事業,很得利益,憑空出了大大小小的許多成金(Narikin 即暴發財主),一方面大多數的平民卻因此在生活上很受影響。平常傭工度日的人,都去進了工場,可以多得幾文薪資,所以工人非常增加,但現在的工場生活,也絕不是人的正當生活,而且所得又僅夠「自手至口」,(大抵獨身的人進了工場,所得可以自養,有家眷的男子便不夠了,)因此罷業罷工,

時有所聞。我在東京最後這幾天，正值新聞印刷工同盟罷工，多日沒有報看，後來聽說不久解決，職工一面終於失敗，這也本是意中事，無足怪的。日本近來對於勞動問題也漸漸注意，但除了幾個公正明白的人（政府及資本家或以為是危險人物，也未可知）以外，多還迷信著所謂溫情主義，想行點「仁政」，使他們感恩懷惠，不再胡鬧。這種過時的方策，恐怕沒有什麼功效，人雖「不單靠著麵包生活」，然而也少不了麵包，日本縱然講武士道，但在現今想叫勞動者枵腹從公，盡臣僕之分，也未免太如意了。

　　成金增加，一方面便造成奢侈的風氣。據報上說，中元贈答，從前不過數元的商品券，現在是五十元百元是常例，五百元也不算希奇。又據三越白木等店說，千元一條帶，五千元一件單衣，賣行很好，以前雖有人買，不過是大倉等都會的大財主，現在卻多從偏僻地方專函定買，很不同了。有些富翁買盡了鄰近的幾條街，將所有住民都限期勒遷，改作他的「花園」；或在別莊避暑，截住人家飲水的來源，引到自己的花園裡，做幾條瀑布看看，這都是我在東京這十幾日間聽到的事。日本世代相傳的華族，在青年眼中，已經漸漸失了威嚴，那些暴發戶的裝腔作勢，自然也不過買得平民的反感。成金這兩個字裡面，含有多量的輕蔑與憎惡，我在寓裡每聽得汽車飛過，嗚嗚的叫，鄰近的小兒便學著大叫「Korosuzo Korosuzo！」（殺呀殺呀！）說汽車的叫聲是這樣說。闊人的汽車的功用，從平民看來，還

遊日本雜感

不是載這肥重的實業家,急忙去盤算利益的,乃是一種藉此在路上傷人的兇器,彷彿同軍閥們所倚恃的槍刺一樣。階級的衝突,絕不是好事,但這一道溝,現在不但沒有人想填平,反自己去掘深他,真是可惜之至了。

※　　※　　※

人常常說,日本國民近來生活程度增高,這也是事實。貴族富豪的奢侈,固然日甚一日,還有一班官吏與紳士之流,也大抵竭力趨時,借了物質文明來增重他的身價,所以火車一二等的乘客,幾乎坐席皆滿,心裡所崇拜的雖然仍是武士與藝妓,表面上卻很考究,穿了時式洋服,吃大菜,喝白蘭地酒,他們的生活程度確是高了。但事情也不能一概而論,一等乘客固然無一不是紳士,到了二等,便有穿和服,吃辨當的人了;口渴時花一枚五錢的白銅貨買一壺茶喝,然而也常常叫車侍拿一兩瓶汽水。若在三等車中,便大不同,有時竟不見一個著洋服(立領的也沒有)的人,到了中午或傍晚,也不見食堂車來分傳單,說大餐已備,車侍也不來照管,每到一個較大的站,只見許多人從車窗伸出頭去,叫買辨當及茶,滿盤滿籃的飯包和茶壺,一轉眼便空了,還有若干人買不到東西,便須忍了飢渴到第二站。賣食物的人,也只聚在三等或二等窗外,一等車前絕不見有賣辨當的叫喊,因為叫喊了也沒有人買。穿了 frock-coat,端坐著吃冷飯,的確有點異樣,從「上等」人看來,是失體統的,因此三等乘客縱使接了大餐的傳單,也照樣不敢跑進

食堂裡去。（別的原因也或為錢，或怕坐位被人占去。）這各等車室，首尾相銜的接著，裡面空氣卻截然不同，也可以算得一件奇事了。

但由我看來，三等車室雖然略略擁擠，卻比一等較為舒服，因為在這一班人中間，覺得頗平等，不像「上等」人的互相輕蔑疏遠。有一次我從門司往大阪，隔壁的車位上並坐著兩個農夫模樣的人，一個是日本人，一個是朝鮮人，看他們容貌精神上，原沒有什麼分別，不過朝鮮的農人穿了一身哆囉麻的短衫褲，留著頭髮梳了髻罷了。兩人並坐著睡覺，有時日本人彎過手來，在朝鮮人腰間碰了一下，過一刻朝鮮人又伸出腳來，將日本人的腿踢了一下，兩人醒後各自喃喃的不平，卻終於並坐睡著，正如淘氣的兩個孩子，相罵相打，但也便忘了。我想倘使這朝鮮人是「上等」人，走進一等室，端坐在紳士隊中，恐怕那種冰冷的空氣，更要難受。波蘭的小說家曾說一個貴族看人好像是看一張碟子，我說可怕的便是這種看法。

※　　※　　※

我到東京，正是中國「排日」最盛的時候，但我所遇見的人，對於這事，卻沒有一人提及。這運動的本意，原如學生聯合會宣言所說，這是排斥侵略的日本，那些理論的與實行的侵略家（新聞記者，官僚，學者，政治家，軍閥等），我們本沒有機會遇到，相見的只有平民，在一種意義上，也是被侵略者，所以他們不用再怕被排，也就不必留意。他們裡邊那些小商

遊日本雜感

人，手藝職工，勞動者，大抵是安分的人，至於農夫，尤愛平和，他們望著豐收的稻田，已很滿足，絕不再想到全中國全西伯利亞的土地。但其中也有一種人，很可嫌憎，這就是武士道的崇拜者。他們並不限定是那一行職業，大抵滿口浪花節（一種歌曲，那特色是多半頌揚武士的故事），對人說話，也常是「吾乃某某是也」，「這廝可惱」這類句子，舉動也彷彿是臺步一般，就表面上說，可稱一種戲迷，他的思想，是通俗的侵略主義。《星期評論》八號內戴季陶先生說及日本浪人的惡態，也就可以當作他們的代表。這種「小軍閥」不儘是落伍的武士出身，但在社會上鼓吹武力主義，很有影響，同時又妄自尊大，以好漢自居，對於本國平民也很無禮。所以我以為在日本除侵略家以外，只有這種人最可厭惡，應得排斥。他們並不直接受過武士道教育，那種謬誤思想，都從浪花節，義太夫（也是一種歌曲）與舊劇上得來，這些「國粹」的藝術實在可怕。我想到中國人所受舊戲的毒害，不禁嘆息，真可謂不約而同的同病了。

※　　※　　※

　　日本有兩件事物，遊歷日本的外國人無不說及，本國人也多很珍重，就是武士（Samurai）與藝妓（Geisha）。國粹這句話，本來很足以惑人，本國的人對於這制度習慣了，便覺很有感情，又以為這種奇事的多少，都與本國榮譽的大小有關，所以熱心擁護；外國人見了新奇的事物，不很習慣，也便覺很有趣味，隨口讚歎，其實兩者都不盡正當。我們雖不宜專用理性，破壞

藝術的美，但也不能偏重感情，亂髮時代錯誤的議論。武士的行為，無論做在小說戲劇裡如何壯烈，如何華麗，總掩不住這一件事實，武士是賣命的奴隸。他們為主君為家名而死，在今日看來已經全無意義，只令人覺得他們做了時代的犧牲，是一件可悲的事罷了。藝妓與遊女是別一種奴隸的生活，現在本應該早成了歷史的陳跡了，但事實卻正相反，凡公私宴會及各種儀式，幾乎必有這種人做裝飾，新吉原遊廓的夜櫻，島原的太夫道中（太夫讀作 Tayu，本是藝人的總稱，後來轉指遊女，遊廓舊例，每年太夫盛裝行道一週，稱為道中），變成地方的一種韻事，詩人小說家畫家每每讚美詠歎，流連不已，實在不很可解。這些不幸的人的不得已的情況，與頹廢派的心情，我們可以了解，但絕不以為是向人生的正路，至於多數假頹廢派，更是「無病呻吟」，白造成許多所謂遊蕩文學，供飽暖無事的人消閒罷了。我們論事都憑個「我」，但也不可全沒殺了我中的「他」，那些世俗的享樂，雖然滿足了我的意，但若在我的「他」的意識上有點不安，便不敢定為合理的事。各種國粹，多應該如此判斷的。

※　　※　　※

芳賀矢一（Y・Haga）著的《國民性十論》除幾篇頌揚武士道精神的以外，所說幾種國民性的優點，如愛草木喜自然，淡泊瀟灑，纖麗纖巧等，都很確當。這國民性的背景，是秀麗的山水景色，種種優美的藝術製作，便是國民性的表現。我想所謂

遊日本雜感

東方文明的裡面,只這美術是永久的榮光,印度中國日本無不如此,我未曾研究美術,日本的繪畫雕刻建築,都不能詳細紹介,不過表明對於這榮光的禮讚罷了。中國的古藝術與民間藝術,我們也該用純真的態度,加以研究,只是現在沒有擔任的人,又還不是時候,大抵古學興盛,多在改造成功之後,因為這時才能覺到古文化的真正的美妙與恩惠,虛心鑑賞,與藉此做門面說國粹的不同。日本近來頗有這種自覺的研究,但中國卻不能如此,須先求自覺,還以革新運動為第一步。

※　※　※

俄國詩人 Balimon 氏二年前曾遊日本,歸國後將他的印象談在報上發表,對於日本極加讚美,篇末說,「日本與日本人都愛花。——日出的國,花的國。」他於短歌俳句錦繪象牙細工之外,雖然也很賞讚武士與藝妓,但這一節話極是明澈,——

「日本人對於自然,都有一種詩的崇拜,但一方面又是理想的勤勉的人民。他們很多的勞動,而且是美術的勞動。有一次我曾見水田裡的農夫勞作的美,不覺墜淚。他們對於勞動對於自然的態度,都全是宗教的。」

這話說得很美且真。《星期評論》八號季陶先生文中,也有一節說,——

「只有鄉下的農夫,是很可愛的。平和的性格,忠實的真情,樸素的習慣,勤儉的風俗,不但和中國農夫沒有兩樣,並

且比中國江浙兩省鄉下的風習要好得多。」

我訪日向的新村時,在鄉間逗留了幾日,所得印象也約略如此。但這也不僅日本為然,我在江浙走路,在車窗裡望見男女耕耘的情形,時常生一種感觸,覺得中國的生機還未滅盡,就只在這一班「四等貧民」中間。但在江北一帶,看男人著了鞋襪,懶懶的在黃土上種幾株玉蜀黍,卻不能引起同一的感想,這半因為單調的景色不能很惹詩的感情,大半也因這工作的勞力不及耕種水田的大,所以自然生出差別,與什麼別的地理的關係是全不相干的。

※　　※　　※

我對於日本平時沒有具體的研究,這不過臨時想到的雜感,算不得「覘國」的批評。我們於日本的短處加之指摘,但他的優美的特長也不能不承認,對於他的將來的進步尤有希望。日本維新前諸事多師法中國,養成了一種「禮教」的國,在家庭社會上留下種種禍害,維新以來諸事師法德國,便又養成了那一種「強權」的國,又在國內國外種下許多別的禍害。現在兩位師傅 —— 中國與德國 —— 本身,都已倒了,上諭家訓的「文治派」,與黑鐵赤血的「武力派」,在現今時代都已沒有立腳的地位了,日本在這時期,怎樣做呢?還是仍然拿著兩處廢址的殘材,支拄舊屋?還是別尋第三個師傅,去學改築呢?為鄰國人民的利益計,為本國人民的利益計,我都希望 —— 而且相信日本的新人能夠向和平正當的路走去。第三個師傅當能引導人類

遊日本雜感

建造「第三國土」——地上的天國，——實現人間的生活，日本與中國確有分享這幸福的素質與機會。——這希望或終於是架空的「理想」，也未可知，但在我今日是一種頗強固的信念。

一九一九年八月二十日記於北京